Ingenting annat än sanningen

Ingenting annat än sanningen

Ulla Bolinder

What happened to you was not your fault.
It was not something you asked for, it was not
something you deserved.
What happened to you was not fair. Trauma is not your
fault, but healing is your responsibility.
Brianna Wiest

Love is your freedom, born of awareness.
Ivan Rados

DEL ETT

1994

Dörren är öppen nu. Jag är inte instängd längre. Flera gånger varje dag väller en stor sorg upp i mig och får mig att börja gråta. Jag gråter när jag vaknar, jag gråter när jag tvättar mig, jag gråter när jag tar på mig rena underkläder, jag gråter när jag anstränger mig fysiskt, jag gråter när jag duschar, jag gråter när jag lägger mig i sängen och kryper ihop under täcket, jag gråter när jag ser en polisbil på gatan.

Ibland, när jag måste behärska mig för att det finns andra människor i närheten, blir jag arg istället. *Jag ska döda er*, tänker jag. *Ni ska dö.*

Ibland känner jag mig inte ledsen alls och tror att sorgen har försvunnit och inte ska komma tillbaka. Men det gör den.

Vad beror den på, och var fanns den förut? Har den alltid funnits där, fast jag inte har vetat om den, eller är den ny? Har den med våldtäkten att göra? Är jag inte klar med den än, fast jag har trott det?

Jag behöver inte gå igenom det som hände i tankarna mer, och jag behöver inte prata om det och jag behöver inte få förståelse och tröst. Eller lurar jag mig själv när jag tänker så?

I en bok om våldtäkt läste jag:

The study makes apparent that what these women experienced is not a story that has an ending. For some of the women it is an ongoing trauma in which new problems are piled upon the burden they already bear. For several of the women the situation at the time of the interview was stable; but both this study and those of others show how fragile this stability is. The limitations of crisis theory become more apparent; what these women experienced was not something they could come to terms with and put behind them once and for all as one of life´s ordinary experiences.

Men det känns så avlägset nu, och jag förstår inte vad det skulle vara för mening med att gå in på det igen. Eller skulle det vara bra? Ska jag berätta det för Göran i alla fall? Han vet att det har hänt, men han vet inte hur det gick till eller hur illa det var.

Avståndet mellan oss har blivit större igen, fast jag kände förut att vi var nära. Skulle det minska om jag berättar för honom om våldtäkten och han berättar för mig om bilolyckan som han har varit med om? Han måste ju också bära på en stor sorg som han kanske behöver prata om. Vill han inte så accepterar jag det. Då har jag i alla fall visat att jag kan och är beredd. Tanken förlamar mig nästan, men jag måste försöka, så att vi i alla fall får en chans att komma vidare.

Göran har alltid varit så otydlig för mig, och jag vill inte att det ska vara så mer. Han är lika tyst och tillbakadragen som jag, så det är svårt att bilda sig en uppfattning om honom. Men för mig är han som Russian Folk Song låter när Arne Lamberth spelar den på trumpet. Det kanske inte stämmer, men det är så jag känner.

Jag har tänkt så mycket på honom, längtat så mycket och fantiserat så mycket. Han är den ende jag litar på, och den ende jag känner som kanske skulle orka med mig. Han är stark och hänsynsfull, och han tränger sig aldrig på. Att han kom hem till mig den där gången när Bernt var på kurs och jag var sjuk, var inte alls likt honom. Jag visste inte hur jag skulle tolka det och blev förvirrad.

Nu spelar det ingen roll längre vad det betydde. Nu ska jag ta reda på vem han är och vad han känner och vill. Det kommer inte att bli lätt, men jag är trött på att gå omkring och bara gissa. Jag vill *veta*. Och det känns som att det är mitt fel att vi inte har blivit närmare bekanta fast vi har jobbat ihop så länge. När han har närmat sig mig har jag avvisat honom, och det vill jag inte göra mer. Det är annorlunda nu när jag inte är stängd längre, men det vet han inte, och därför är det jag som måste ta initiativet och visa vad jag vill.

Mamma ringer inte så ofta längre. Nu när jag har avslöjat henne, och hon märker att jag inte låter mig utnyttjas mer, hör hon inte av sig. Om det var mig hon var intresserad av skulle hon ringa, men det gör hon inte, för hon är bara intresserad av sig själv.

Innan jag hade känt riktigt vad hon gjorde mot mig, och alltid har gjort, och hur ledsen jag var för att hon inte brydde sig om mig, kunde jag inte avvisa henne. Istället slingrade jag mig och kom med undanflykter för att slippa säga ifrån på allvar. Jag trodde att det var min skyldighet att alltid vara tillmötesgående, hur ointresserad av det hon hade att säga jag än var. Felet jag gjorde var att jag verkligen försökte lyssna, och att jag trodde att det var just mig hon ville ha kontakt med.

Nu vet jag, att när hon ringer skulle jag lika gärna kunna lägga ifrån mig luren och gå och diska medan hon pratar. Hon är så inne i sin egen värld att hon inte skulle märka om jag försvann. Hon kommer aldrig att fatta vad hon har gjort och fortfarande skulle göra, om hon bara fick tillfälle.

Men hon får inga fler tillfällen. Hon kan beklaga sig hur mycket hon vill över att jag aldrig ringer och aldrig kommer och hälsar på och aldrig lyssnar på henne, för hon bestämmer inte över mig, och nu är hennes makt över mig slut.

Innan Petra träffade sin kille och flyttade till Tyskland följde jag med henne ut och dansade ibland. Det var mest för hennes skull, för att göra henne sällskap, och inte för att jag tycker så mycket om att dansa. Och killarna brydde jag mig inte om. Jag var ju ihop med Bernt och hade inte en tanke på att vara otrogen.

Eller lurade jag mig själv redan då? Följde jag med Petra ut för att jag kände på mig att Bernts och mitt förhållande inte var bra och jag hoppades att jag skulle träffa en bättre kille? Jag hade ingenting att jämföra med och trodde att det Bernt och jag hade var normalt. Men det var det inte.

Skulle jag kunna berätta för Göran hur jag hade det med Bernt utan att skämmas? Skulle jag kunna berätta att jag gick med på att han hade sex med mig fast jag inte ville? Att jag inte reagerade negativt när han använde vulgära och nedsättande ord om min kropp? Att jag lät honom stoppa in en gurka i mig för att han tyckte att jag skulle få känna på "en riktig jävla tjur"? Skulle jag kunna berätta hur knäpp jag var som inte kunde känna att jag blev förnedrad?

För Petra berättade jag, och när hon fick höra om gurkan sa hon:

"Ja, han har väl fått taskigt självförtroende av att du aldrig tänder på honom. För det märker han såklart. Så han försökte kanske kompensera dig."

Jag kommer inte ihåg vad jag svarade, men om det var så det var, kan man ju nästan tycka synd om honom.

Det var lika mycket mitt fel att vi inte hade det bra. Det vet jag. Jag kände inget förtroende för honom och berättade aldrig vad jag tyckte och tänkte om saker som var viktiga för mig. Jag kände mig överlägsen honom och tyckte att han var omogen och löjlig. Jag fattade inte att jag var lika omogen själv, fast på ett annat sätt.

Jag är glad att det tog slut och att vi inte ska träffas mer. Jag är glad att jag har lärt mig vad som är rätt och vad som är fel. Men jag har ingen erfarenhet av det rätta. Hur mycket ska man till exempel berätta om sig själv i ett bra förhållande? Man kan ju inte berätta precis allt för en annan människa. Men hur mycket är det normalt att hålla inne med?

Jag vet inte, och det är därför jag tänker på det nu när jag funderar på att anförtro mig åt Göran. Jag vill testa honom också, så att jag får veta säkert vad han går för. Det är kanske taskigt att ha den baktanken, men så länge jag inte vet, kan jag inte släppa den.

Ingen utom polisen har bett mig berätta om våldtäkten, och det berodde bara på att det var deras jobb att ta reda på vad som hade hänt. Ingen har frågat och velat veta för *min* skull. Inte mamma, inte Bernt, inte Bernts föräldrar...

Jag gråter när jag tänker på det. *Ingen vill veta, ingen vill veta, varför är det ingen som vill veta, varför är det ingen som hjälper mig?*

Jag hade ingen att berätta det för. Jag hade ingenstans att gå. Det fanns ingen att vända sig till och ingen som jag trodde skulle förstå. Jag visste inte att jag var ledsen för det. Men det måste ju betyda att ingen brydde sig om mig.

Bryr sig Göran om mig? Jag behöver ingen hjälp längre, men bryr han sig om mig? Det är det jag ska ta reda på nu.

Jag vill inte ljuga för Göran. Om jag ska berätta för honom om våldtäkten vill jag säga sanningen.

Hur ska jag klara det?

Jag måste erkänna för mig själv vad det var jag ljög om och ha det helt klart för mig innan, så att jag kan undvika att komma in på avslöjande detaljer. Jag kommer inte att berätta hela sanningen.

Hur kunde polisen tro att det jag först berättade tog en hel timme? Varför var det ingen som reagerade och tyckte att det var konstigt?

Jag sa att det som hände började halv elva, vilket betydde att det skulle ha pågått i närmare en timme. Men när jag svarade på hur mycket klockan var, visste jag att tiden inte stämde. Efter bion hade jag ju stått på Västgötaspången och tittat ner på vattnet i Fyrisån också, och jag hade gått omkring i centrum, och jag hade suttit på en soffa och rökt. Jag visste inte vad det var jag väntade på och hoppades skulle hända, men jag skyndade mig inte hem. Det var inte sant att jag missade bussen som jag sa till polisen.

Min klocka hade stannat, och jag visste inte hur mycket den var. När jag blev hejdad på gatan och tillfrågad om tiden svarade jag med det som urtavlan visade, och den tiden sa jag till polisen också för att slippa förklara. Jag tänkte att det skulle verka som att jag hade stannat kvar på stan för att jag var ute efter sällskap. På sätt och vis var det ju sant, och det skulle inte ha sett bra ut för mig, tänkte jag.

– Du hade alltså varit på bio?
  – Ja.
  – På vilken biograf då?
  – På Spegeln.
  – På Spegeln? Men då ligger väl hållplatsen på Drottninggatan eller Stora torget närmare till hands?
  – Ja, men jag missade precis en buss, och då tänkte jag att jag kunde gå en bit medan jag väntade på nästa och hoppa på några hållplatser längre fram.

Innan jag tog mig ut på gatan efteråt hade jag legat avsvimmad inne på gården en stund. Först trodde jag att jag hade legat där länge, men nu vet jag att om man svimmar och ramlar omkull vaknar man upp igen efter bara några minuter.

Att man svimmar beror på att man får för lite blod till hjärnan. Det kan hända om man reser sig upp för snabbt, har stått stilla för länge eller har ätit för lite. Man kan också svimma av stress, smärta eller rädsla. Men så fort man ligger ner, återställs den normala fördelningen av blod i kroppen och man vaknar upp igen.

Och jag hade inte hunnit bli kall. När jag kom ut på gatan var jag fortfarande varm. Jag kände genom ankelsockorna att trottoaren kylde, och jag darrade i hela kroppen, men jag frös inte. När jag vaknade upp måste jag ha rest på mig igen och gått direkt ut på gatan, men det har jag inget minne av.

– Jag satte mig upp. Först låg jag kvar på marken ett tag, och sen vet jag att jag reste mig, men jag kommer inte ihåg att jag gick ut på gatan. Jag vet inte hur jag kom dit.

– Du har en minneslucka där?

– Ja.

– Men resten minns du? Att du träffade den här killen som hjälpte dig in på Lucullus och...

– Ja.

Varför klädde jag inte på mig först? Varför tog jag inte med mig väskan när jag gick? Innan jag svimmade hade jag ju tänkt att jag skulle klä på mig och åka hem. Istället gick jag bara ut därifrån och lämnade allting kvar. Jag måste ha varit så chockad att jag inte kunde tänka ordentligt. Väskan kom jag inte ihåg förrän jag var ute på gatan och hade träffat killen som hjälpte mig in på restaurangen sen.

Vissa saker berättade jag inte för polisen, och vissa saker till och med ljög jag om. Jag berättade inte vad jag kände och gjorde direkt efter bion, och jag ljög om att jag hade missat bussen. Jag berättade inte att jag bedömde hur killen som hejdade mig verkade vara, som om han kanske kunde vara en trevlig bekantskap. Jag ljög om hur mycket klockan var för att slippa förklara vad jag hade gjort innan. Jag ljög när jag sa att jag blev rädd när han pistolhotade mig, och jag berättade inte vad jag sa till honom när han gjorde det. Jag berättade inte vad jag sa när jag försökte övertala honom att låta mig gå heller, och jag berättade inte att jag bara hotade med att skrika istället för att verkligen göra det. Jag tyckte att jag hade reagerat onormalt och skämdes.

Det värsta är att jag ljög om tiden. Polisen efterlyste vittnen som kunde ha gjort iakttagelser på Vaksalagatan vid halv elva-tiden, stod det i tidningen efteråt. Då hade jag inte ens kommit dit, och det fanns inget att se. Eller stod han där redan då och väntade på ett lämpligt offer? Han kunde ju ha blivit sedd långt i förväg. Så det gjorde kanske inte så mycket att jag ljög. Nu spelar det i alla fall ingen roll. Han åkte ju fast ändå till slut, och det hade ingenting med mig att göra.

DEL TVÅ

Viola har sagt att hon tycker att det är konstigt att ingen tjej har "lagt beslag" på Göran, som är så "ung och snygg". Det tycker jag också. Har han en flickvän fast vi på jobbet inte har fått veta det? Att han bor ensam och aldrig har nämnt henne behöver ju inte betyda att hon inte finns.

Nej, jag tror inte att hon finns. Om hon gjorde det skulle han inte hålla det hemligt. I hans bil, som jag åker i nästan varje dag, har jag aldrig känt några främmande dofter eller sett några saker som hon skulle ha kunnat glömma eller lämna kvar där. Att jag alls har tänkt på det, beror på att jag ville vara helt säker på att det var fritt fram innan jag bjöd hem honom till mig, så att jag inte skulle göra bort mig.

Men jag har skjutit upp det ändå. På jobbet har jag iakttagit honom och lyssnat på honom och försökt föreställa mig honom i en annan situation, och i bilen på väg hem har jag suttit och stressat upp mig av tanken på att få det sagt.

Till slut var jag i alla fall redo. Jag hade tänkt ut i

förväg vad jag skulle säga, och jag hade bestämt att jag skulle göra det två dagar innan, så i går när han hade stannat bilen på parkeringen hemma, tog jag mod till mig och frågade.

"Har du lust att följa med in på fredag och äta middag?" sa jag.

Om han blev förvånad så visade han det i alla fall inte.

"Ja tack", sa han och log.

Jag blev alldeles matt av sättet han sa det på och av hans röst och leende. Samtidigt som jag kände mig lättad och glad blev jag gråtfärdig.

"Då säger vi det", sa jag och skyndade mig ut ur bilen.

Idag frågade jag honom om han gillar pizza och rödvin, och det sa han att han gör, så nu har jag varit och inhandlat det som behövs. Jag köpte några olika sorters pizza så att han kan få välja den han tycker bäst om. När det gäller vinet valde jag ett som jag själv tycker är gott.

Vi borde kanske inte dricka vin med tanke på hur lätt man kan förlora kontrollen när man är påverkad. Jag är tillräckligt upphetsad ändå. Bara tanken på honom får min kropp att reagera och vilja ha honom.

När han är här ska jag inte tänka på sex utan försöka ta reda på mer om hur han är. På jobbet pratar vi aldrig om privata saker, och gör jag ingenting åt det kommer det att fortsätta som nu i all evighet.

Ingenting kommer att förändras, och det känns inte rätt. Det är för att jag vill lära känna honom som jag har bjudit honom, och inte för att vi ska ha sex. Men det fattar inte min kropp som gör sig beredd att ta emot honom så fort jag tänker på honom.

Vad är det jag har satt igång? Varför måste jag göra det här? Hur kommer det att sluta?

Jag måste göra det för att det var fel av mig att inte visa gensvar när han närmade sig mig förut. Jag avvisade honom fast jag inte ville. Jag var inte öppen och kunde inte ta emot det han försökte ge mig. Det får inte sluta så. Jag vill inte att det ska vara mitt fel att det inte blev mer, om det skulle kunna bli det. Jag måste visa honom att jag kan nu.

För att vara på den säkra sidan ska jag börja med att lyssna, för det vet jag att jag är bra på. Lyssnat har jag gjort i hela mitt liv, vare sig jag har velat det eller inte. Men nu vill jag för att det är *han*.

Jag vill annat också för att det är han, men det ska jag inte tänka på om jag kan låta bli. Jag är hela tiden så medveten om att han är *man*, och vad det innebär att vi skulle kunna göra. Så kändes det inte med Bernt, men honom var jag väl inte kär i.

Är jag kär i Göran? Jag tror det, men jag vet inte. Det känns mest som att jag är fysiskt attraherad av honom. Kåt på honom, som Bernt skulle ha sagt. Ja, det är jag, och det är det som gör det extra nervöst nu när vi ska träffas på en plats där vad som helst kan hända.

Vi lämnade bilen på gatan utanför hans lägenhet och promenerade hem till mig. Det kändes konstigt att gå bredvid honom på ett annat ställe än på jobbet och utomhus. Enda gången jag har gått tillsammans med honom ute var när han följde med mig in på bakgården till Vaksalagatan 25. Då tänkte jag inte på hur hans närvaro kändes, men det gjorde jag nu. Vi pratade inte, och jag undrade vad han tänkte och om han var lika spänd som jag. Jag kunde inte avgöra det när ingenting blev sagt och jag inte såg hans ansikte så tydligt. I bilen brukar vi ofta sitta tysta, så det kändes ungefär som vanligt, men jag visste inte.

Vi var inte ensamma i hissen upp. Jag tänkte på hur besvärad Bernt brukade bli om det var flera som åkte i samma hiss som vi när vi var och hälsade på hos mamma. Han kunde inte stå tyst och bara vänta utan började nästan alltid prata med mig på ett tillgjort sätt, som för att visa hur obesvärad av situationen han var. Jag tyckte att han var löjlig och svarade aldrig när han gjorde så. Men Göran stod tyst och verkade precis som vanligt.

Jag hade städat och gjort fint innan han skulle komma. Han verkade nyfiken och gick runt och inspekterade mina saker medan jag satt i soffan och iakttog honom.

– Det här var en frodig växt.

– Ja, det är en ampellilja.

– Då passar den bra här hos dig.

– Varför det?

– Ditt namn betyder lilja. Visste du inte det? Susanne betyder lilja.

– Gör det? Hur vet du det?

– Tja, jag har väl slagit upp det nån gång...

– Vad betyder ditt namn då?

– Bonde, jordbrukare, åkerman... Inte fullt så romantiskt kanske.

Det kändes inte alls som den gången han kom hem till mig när jag var sjuk och bodde med Bernt på Gröna gatan. Den gången var jag inte beredd på att han skulle komma och hade ingen kontroll.

Men det hade jag nu. Om han hade vetat hur iakttagen han var, och hur bedömd han blev för allt han sa och gjorde, hade han kanske blivit arg. Han visste inte att jag hela tiden var inställd på att han skulle begå ett misstag och göra mig besviken. Jag var spänd och lite nervös och kände mig oärlig. Men jag var tvungen att göra det för att våga lita på honom. Jag kunde ju ha inbillat mig allt det positiva som jag har trott om honom och missbedömt honom totalt.

Mina böcker tittade han extra noga på.

– Du är intresserad av psykologi, ser jag.

– Ja, men det var längesen jag läste dom där. En del har jag fått av morfar, så dom är rätt gamla. Men jag har funderat på att börja läsa psykologi.

– På universitet?

– Ja. Men jag har inte sökt än, och det är ju inte säkert att jag kommer in heller. Har du några specialintressen?

– Nej, jag är intresserad av det mesta. Och jag är ju utbildad ekonom, så jag får väl hålla mig till det.

– Skulle du vilja göra nåt annat egentligen? Trivs du inte med jobbet hos Egon?

– Jo, det är bra. Men man kan aldrig veta vad framtiden för med sig. Men om du börjar plugga måste du väl sluta på jobbet?

– Ja, eller om jag kan få tjänstledigt.

När han såg mina psykologiböcker och jag sa att jag kanske ska börja plugga, tänkte han på att jag eventuellt måste säga upp mig på jobbet då, och det gjorde mig glad. Men det betydde säkert ingenting.

Han tog ut flera av böckerna i bokhyllan och läste på baksidorna. Jag kom inte ihåg riktigt vilka böcker jag har där, så efteråt kollade jag, och jag undrade vad titlarna avslöjade och vad det hade fått honom att tänka och tro om mig. Jag skämdes lite, eftersom jag vet att jag köpte en del av böckerna för att komma underfund med mig själv och inte för att jag var intresserad av att förstå andras problem. Det är sant att jag är intresserad av psykologi, men anledningen till att jag skaffade och läste psykologiböcker, var att jag ville hitta svar om mig själv. Göran kanske förstod det, och då kunde han räkna ut vad jag har haft, eller fortfarande har, problem med också. Vad drog han till exempel för slutsatser av att jag har "Hiterapporten" och böcker om kvinnomisshandel, våldtäkt, otrohet, skilsmässa och kärlek?

Vi drack vin både till maten och efteråt, och jag blev påverkad nästan på en gång. Jag ville vara skärpt när jag skulle fråga honom om bilolyckan, men jag kände att det drog iväg lite.

Och det var inte bara vinet jag blev påverkad av. När vi satt i soffan var jag så medveten om hans fysiska närvaro att jag fick anstränga mig för att hålla tankarna kvar på rätt spår. Vi satt i varsitt hörn av soffan, och han såg sig omkring och verkade som tur var tänka på helt andra saker än jag.

— Ja, här bor du bra.

— Ja, men det är inte min egen lägenhet. Jag bara lånar den. Det är morfar som äger den, men han är på långvården nu.

— Din kille då? Bor han kvar på Gröna gatan? Din

före detta kille, menar jag.

– Ja, det antar jag.

– Ni träffas inte?

– Nej.

– Hur länge var ni ihop?

– I sex år.

– Varför tog det slut?

– Han tröttnade på mig. Men det…

– Du får säga till om du tycker att jag är för frågvis.

– Nej, det gör inget. Du då? Har du bott ihop med nån?

– Ja, men det tog också slut.

– Varför?

– Jag var med om en bilolycka och blev omöjlig att leva med.

– När var det?

– Det blir fem år i höst.

– Hade du börjat på kontoret då?

– När olyckan inträffade, menar du?

– Ja.

– Ja, det hade jag. Men jag gick sjukskriven ganska länge efteråt.

När jag var ny på kontoret berättade Viola för mig att Göran hade varit med om en bilolycka och att hans syster hade dött i den, så det visste jag redan, men det sa jag inte till honom. Jag kände ju inte till några närmare omständigheter, och jag ville att han skulle berätta allt själv. Men så fort han hade nämnt olyckan började jag ställa frågor om den.

– *Blev du allvarligt skadad?*

– *Nej, det var psykiskt jag blev knäckt. Min syster var med i bilen, och hon överlevde inte. Hon blev så svårt skadad att hon dog. Och det var jag som körde.*

– *Hur gammal var hon?*

– *Sjutton.*

– *Vad hette hon?*

– *Jenny.*

– *Du får säga till om du inte tycker att det angår mig, eller om du inte vill prata om henne.*

– *Nej, det är okej. Jag är lite ovan vid det bara. Dom flesta brukar undvika ämnet och tycka att det är obehagligt.*

– *Tycker du också det?*

– *Nej, jag tror att det är bra att prata om svåra saker som man har varit med om.*

– *Mm.*

– *Jag tror att alla behöver det egentligen. Och när det gäller döden så tror jag att det är bra att tänka på den ibland. Vi kommer alla att dö. Döden är oundviklig, och det är bättre att acceptera att det är så det är och försöka leva med den vetskapen än att undvika tanken på den.*

Jag ville inte fråga för mycket om hans syster, och när han blev upprörd och tyst bytte jag spår. Jag ville att han skulle berätta från början när han var beredd och inte känna sig pressad. Jag frågade lite om hans familj istället.

– Har du flera syskon?

– Ja, två äldre bröder.

– Bor dom också här i Uppsala?

– Nej, en bor i Stockholm och en i Gävle. Båda är gifta och har barn.

– Dina föräldrar då?

– Dom bor också i Gävle. Det är där jag är född och uppvuxen. Du då? Har du några syskon?

– Nej, jag är enda barnet, och mina föräldrar skilde sig när jag var åtta. Men nu var det dig vi skulle prata om.

– Jaså, var det? Skulle vi?

Han svarade snällt på alla frågor, men han försökte flera gånger föra över intresset på mig. När jag inte gick med på det, och styrde tillbaka det till honom, log han och såg road ut. Eller om han kanske var road av att jag blev så pratsam och olik mig av vinet. Jag märkte själv att jag pladdrade. Sen kom jag att tänka på hur det var när jag drack vin tillsammans med Bernt, när jag behövde det för att kunna somna på kvällarna efter våldtäkten, och då kände jag den där sorgen igen, och gråten som var på väg. Men jag behärskade mig och skärpte mig och koncentrerade mig på det jag hade bestämt mig för att göra.

– Hur gick olyckan till?

– Jo, jag… Jag var hemma i Gävle över veckoslutet, och natten till lördagen hämtade jag Jenny på en fest som hon hade varit på. Det var i september och klockan var ungefär halv ett. Det var mörkt och regnigt, men sikten och väglaget var bra, och jag körde inte för fort. Jenny satt bredvid mig i framsätet, och vi hade säkerhetsbältena på båda två. Ibland när du sitter bredvid mig i bilen tänker jag på… Jenny var uppspelt och glad och pratade på som hon brukade. Ja, och så… Jag såg den mötande bilen på långt håll och förstod att den kom emot oss i väldigt hög fart. Den hade helljuset på, och föraren bländade inte av före mötet – eller det som skulle ha blivit ett möte om allt hade gått som det skulle. Plötsligt såg jag den komma emot oss på fel sida av vägen, och jag var bländad av strålkastarna och lyckades inte styra undan. Jag hann uppfatta ett den kom snett emot oss i riktning mot dikeskanten, och jag vräkte ratten åt vänster för att undvika en kollision, men det räckte inte. Det bara… Jag hörde hur Jenny skrek innan smällen och stöten kom och halva frampartiet på bilen trycktes in. Bilen knuffades bakåt, men den välte inte och stod kvar på vägbanan. Den andra bilen voltade bakom oss i diket. Den slog runt men hamnade på rätt köl igen och körde in i ett träd som stoppade den. Det fick jag veta efteråt. Allt jag tänkte på just då var hur det hade gått för Jenny. Hon satt kvar i bältet men hon var fastklämd av den intryckta dörren och var alldeles… Det vällde blod ut ur hennes mun, och jag… Jag öppnade hennes bälte och försökte dra henne till mig, men hon satt fast och gick inte att få loss. Jag *försökte räta upp hennes huvud och vända det åt sidan så att hon inte skulle kvävas av blodet, men det föll bara tillbaka igen. Jag tog hennes hand och letade efter pulsslag på handleden, men jag kände inga och förstod att hon inte hade klarat sig. Ja, och sen... Sen blev jag medveten om att bilar hade stannat och att folk rörde sig utanför på vägen. Jag minns strålkastarljusen och att en person öppnade dörren på min sida för att hjälpa mig ut. Jag minns en röst som sa att ambulanser var på väg och att jag skulle ta det lugnt, och jag minns uttrycket i ett ansikte som vändes mot Jenny och snabbt försvann igen. Jag vägrade släppa hennes hand och låta mig hjälpas ut ur bilen. Jag kunde inte förstå att hon var död medan jag själv satt där så gott som oskadd. Senare visade det sig att jag hade fått en del blessyrer som behövde ses om, men alla var lindriga och jag behövde inte stanna på sjukhuset av annan anledning än att jag var chockad.*

Vad kände jag när han berättade? Jag märkte att han försökte lägga fram det så lugnt och koncist han kunde, men jag såg hur svårt det var för honom, och jag kunde inte hejda tårarna när jag såg hur nära gråten han själv var flera gånger. Jag ville hålla om honom och trösta honom, men det skulle inte ha varit rätt, och jag sa ingenting. Jag bara satt där och tittade på honom och kände hur mycket jag ville ge honom, och skulle ha gett honom på en gång, om han bara hade låtit mig göra det.

Han visade mig ett tidningsurklipp som handlade om olyckan, och innan jag läste det tänkte jag på mitt eget urklipp, som jag lät honom läsa när han trodde att Bernt hade slagit mig. Jag hade två, men han fick bara läsa det ena, och nu är båda borta. Jag tänkte att han borde göra sig av med sitt också, som ett bevis på att han inte anklagar sig själv längre. Men det gör han kanske, fast han vet att det inte var hans fel att hans syster dog.

UNG KVINNA DÖD I BILOLYCKA

Klockan 00.38 på lördagsmorgonen larmades SOS till en trafikolycka på riksväg 80 väster om Gävle. En bil kom över på fel sida av vägen och frontalkrockade med ett annat fordon.

Konsekvenserna av krocken blev ödesdigra. Polis och räddningstjänst arbetade under lång tid på platsen då en kvinnlig passagerare satt fastklämd. De fick klippa upp taket på den ena bilen för att få loss henne.

– Det var en kraftig kollision, det syns på de stora plåtskadorna på bilarna, säger Fredrik Nilsson vid Gävlepolisen.

I den ena bilen färdades en 24-årig man och en 17-årig kvinna. Mannen, som var lindrigt skadad, fördes med ambulans till Gävle sjukhus. Kvinnan avled i nära anslutning till kollisionen. Föraren av den påkörande bilen avvek från platsen.

Orsaken till olyckan ska utredas. Polisen gjorde en platsundersökning direkt efter det inträffade, och ytterligare en undersökning gjordes på lördagsförmiddagen i fullt dagsljus.

Omständigheterna gör att Gävlepolisen har inlett en förundersökning om grov vårdslöshet i trafik och vållande till annans död.

Inledande förhör har hållits med vittnen.

– Kort innan olyckan fick polisen ett tips om att en bil framfördes i mycket hög hastighet i närheten av olycksplatsen, säger Sonja Wiklund, förundersökningsledare vid Gävlepolisen. Det var en man som ringde innan olyckan och berättade att han blivit omkörd av en bil på riks-80. Men om det är den föraren som är inblandad i den här olyckan är det för tidigt att uttala sig om, säger Sonja Wiklund.

Jag kan inte föreställa mig hur hemskt det måste ha varit. Jag vill, men jag kan inte. Det blir alldeles tomt i mig när jag försöker. Jag kan se det framför mig, hur han sitter där i den hoptryckta bilen och håller sin syster i handen medan blodet rinner ut ur hennes mun och hon dör, men jag kan inte föreställa mig hur han känner sig. Borde jag inte kunna det? Borde jag inte ha en aning åtminstone? Men det har jag inte, och det får mig att känna mig dålig. Det enda jag har att ge honom är mig själv, men det är ju inte detsamma som att förstå.

– Den som orsakade olyckan smet därifrån och kom undan. Killen som ägde bilen hade anmält den stulen samma natt. Han var på en fest hos en kompis och hade läm-

nat bilen olåst utanför en kort stund, och när han kom ut igen var den borta. Anmälan gjordes ungefär en halvtimme efter olyckan. En tid efteråt började det gå rykten om att det var killen själv som hade kört bilen och att han hade varit kanonfull. Men när polisen träffade honom efter olyckan hade han inga synliga skador, och alla på festen intygade att han hade varit där hela natten. Bilen som hade slagit runt och krockat med ett träd var så demolerad att ingen kunde tro att han hade suttit i den när den voltade, och att han dessutom skulle ha klarat av att ta sig tillbaka till festen till fots efteråt, var inte särskilt troligt. Ändå började det gå rykten om att det var så det hade gått till. Jag var inte bekant med honom, men jag visste vem han var, och han var ganska ökänd i trakten. Han hade åkt fast för rattfylla och fortkörning flera gånger och en del annat som jag inte minns nu. Men polisen trodde honom, och försäkringsbolaget trodde honom, och han fick pengar utbetalda. Det var det folk hade hört honom sitta och skryta om – att han hade lurat både polisen och försäkringsbolaget och att hun hade huft üng-lavakt alla gånger han hade kvaddat sina bilar. Pappa var övertygad om att det var han som hade kört vid olyckan, och det trodde väl jag också egentligen, men det fanns inget vi kunde göra för att bevisa det, så det var bara att släppa det och försöka gå vidare.

Klarade jag det? Klarade jag att lyssna på honom så att det kändes rätt och bra för honom? Jag ville ju inte att han skulle ångra att han hade berättat det för mig. Efteråt ställde jag frågor, och han svarade utan att verka besvärad eller motvillig, så jag antog att det hade gått bra. Jag var den första utanför familjen som han berättade det för, sa han. Han hade inte ens berättat det för sin tjej. Han klarade inte av att prata om det alls i början, och det tog slut med henne innan han började må bättre igen.

– Jag hanterade det nog inte särskilt bra. I början stängde jag in mig och blev stum. Jag byggde upp en mur omkring mig som ingen kunde ta sig igenom. Jag hade svårt att träffa andra som bara fortsatte med sina liv som om ingenting hade hänt. Jag orkade inte prata om Jennys död. Sen var det som om en fallucka öppnades under mig och jag föll ner i en avgrund. Jag fattade att hon var borta och att det enda jag kunde göra var att acceptera det och ta smärtan. Jag försökte hålla mig till det jag visste var sant, att smärtan befriar bara man stannar kvar i den och känner den. Jag tvingade mig själv att uthärda, hur ont det än gjorde, och efter en tid började jag må lite bättre. När du och jag träffades, när du började jobba hos Egon, hade det gått lite mer än ett år, så det värsta var väl över då, men det sägs att det tar flera år att ta sig igenom den första sorgen när man har förlorat en nära anhörig. Processen fortsätter sen också fast det kanske inte märks så mycket utåt längre. Och det var väl lite extra besvärligt för mig med tanke på den så kallade överlevnadsskulden som sa mig att jag också borde ha dött, eller att det var jag som borde ha dött istället.

När vi hade pratat klart om olyckan var det som att vi inte orkade mer. Vi drack upp vinet som var kvar, och Göran bad om ursäkt för att stämningen hade blivit så dyster. Men det var ju inte hans fel, och det sa jag, för det var ju jag som hade bett honom berätta. Jag hade inte väntat mig annat eftersom jag hade planerat det så. Jag hade lite dåligt samvete för att jag hade gjort honom nedstämd, men det fanns ju inget annat sätt att göra det på. Och han sa att han tror att det är bra att prata om svåra saker som man har varit med om. Men då tänkte han kanske mer på mig än på sig själv.

Några tankar på sex hade jag inte medan vi pratade, och inte efteråt heller. Det tror jag inte att han heller hade. Vi var trötta båda två och ville bara komma för oss själva. Det var i alla fall så det kändes när han reste sig och gick.

Senare, när jag låg i sängen, började jag gråta och tänkte: *Jag klarar inte det här, jag klarar inte det här!* Det kändes som att jag var nära att drunkna i sorg och förtvivlan.

Vad är det jag inte klarar? Orkar jag inte med att veta och tänka på det han har varit med om? Blir det för mycket för mig? Är jag för svag? Klarar jag inte av att bry mig om honom?

Men det vill jag. Det måste jag. Det ska jag.

Jag trodde att Göran skulle bjuda tillbaka, men det har han inte gjort. Vill han inte att det ska fortsätta? För varje dag som går utan att han frågar blir jag mer och mer besviken och tänker att jag kanske har misstagit mig på honom i alla fall. Ibland får jag för mig att jag kan släppa det, men så blir jag arg och ledsen igen och känner mig låst för att jag inte kan sluta vänta.

Jag har bestämt mig för att inte skydda mig mot sanningen, så istället för att bli arg och känna mig lurad gråter jag. Varje kväll när jag kommer hem gråter jag. På dagarna, när jag träffar honom på jobbet, anstränger jag mig för att inte visa vad jag känner och för att inte dra mig undan honom, som jag gjorde förut så fort jag blev osäker. Att jag bjöd hem honom till mig och bad honom berätta om olyckan var inte för att jag hoppades att han skulle visa intresse för mig tillbaka. Jag gjorde det för att jag vill lära känna honom, och om han inte känner detsamma för mig måste jag acceptera det. Det vet jag. Men jag kan inte veta säkert att det är så det är, och jag står inte ut med att inte veta.

Varför bjuder han inte tillbaka? Ångrar han att han kom hem till mig? Ångrar han att han berättade om bilolyckan för mig? Blev han besviken på hur jag var? Tyckte han att jag drack för mycket? Vill han inte att det ska bli mer än det vi har på jobbet? Är han inte intresserad av mig, eller är han rädd att jag ska säga nej? Är han lika osäker på mig som jag är på honom? Förstår han inte vad det är jag vill?

När det blev slut mellan Bernt och mig slutade jag äta p-piller. Nu har jag börjat igen. Hur osäker jag än är på hur det kommer att bli, vill jag vara beredd och förberedd på allt.

DEL TRE

Jag försökte i det längsta att stå ut med att vänta, men till slut gick det inte längre. En dag när Göran skjutsade mig hem och vi satt i bilen sa jag:

"På fredag är det din tur att bjuda på pizza. Om det passar och du vill?"

Jag sa det fort och försökte få det att låta glatt och obesvärat. Det var inte lätt för mig att fråga, men jag stod inte ut med längre att bara gå och vänta och inte veta. Jag hade tänkt ut exakt vad jag skulle säga, och jag tittade på honom hela tiden medan jag sa det för att kunna se i hans ansikte hur han reagerade. Jag var rädd att han skulle känna sig pressad och gå med på det av artighet bara.

Men det gjorde han inte. Han log. Han blev glad och log.

"Ja, det vill jag, och det passar bra", sa han. "Jag hade tänkt föreslå det själv, men jag tänkte att du kanske var lite trött på mig efter mina långa utläggningar förra gången."

"Nej, det var ju jag som frågade", sa jag. "Jag ville veta."

"Ja, jag får väl gottgöra dig på nåt sätt", sa han och log igen.

Vad menade han med det? Det min kropp trodde att han menade, och reagerade blixtsnabbt på, behövde ju inte stämma.

Förnuftsmässigt har jag i alla fall bestämt att gottgörelsen ska vara psykisk. Jag ska berätta för honom om våldtäkten och se om han klarar av att lyssna utan att reagera konstigt.

Tänk om han inte klarar det? Tänk om han ställer fel sorts frågor? Tänk om jag kommer att känna mig överlägsen honom, som jag kände mig överlägsen Bernt? Tänk om han inte vill veta längre?

Jag har avvisat honom två gånger när han har frågat mig om det, och jag kan inte hoppas på att han ska ta upp det en tredje gång. Jag måste göra det själv. Jag vill bevisa för både honom och mig själv att jag kan berätta det utan att skämmas över hur jag reagerade och att jag är fri från det nu.

Jag borde kunna berätta det för vem som helst. För mamma, för morfar, för Egon, för Viola… Jag borde kunna ställa mig på en scen och berätta det för hela världen. Så stark, och så säker på var skulden ligger, borde jag vara.

Men det är jag inte säker på att jag är. Om jag ska berätta ska jag väl inte behålla en del för mig själv, som att jag delar en hemlighet med… *förövaren* och skyddar honom? Visserligen sa han på rättegången att han inte kom ihåg mig, men det är väl inte bara jag som ska känna till och minnas vad han gjorde? Borde inte alla få veta det?

Jag vet inte vad jag ska kalla honom. Från början sa jag "den där killen", "killen på stan" eller "han som gjorde det", men det känns alldeles för snällt nu, och hans namn, när jag väl hade fått veta det, har jag aldrig kunnat använda. Så vad ska jag kalla honom när jag pratar om honom? Förövaren? Våldtäktsmannen? Äcklet? Aset? Skithögen? Nollan?

Inget ord känns rätt, för bara att nämna honom blir som en bekräftelse på att han existerar, och det vill jag inte att han ska göra.

Tankarna på honom får det att börja krypa i mig av irritation. Jag känner hur mina muskler spänns, som att jag är beredd att gå till anfall, och jag fylls av ilska och tänker: *Dra åt helvete, din jävel! Du ska bort!* I en kort glimt minns jag hur jag sparkade bort Bernt ifrån mig, men det är inte honom det gäller nu.

Jag har inte hatat honom än. Jag tror att jag ska klara mig från hatet genom att låtsas att han inte finns. Det är därför jag inte vet vad jag ska kalla honom. Jag är inte alls klar med honom. Jag bara lurar mig själv.

Men nu vet jag i alla fall att jag är arg på honom och tycker att han är en jävel som ska hålla sig borta från mig. Det kanske räcker. Jag behöver kanske inte hata honom om jag bara känner mig aggressiv och försvarsberedd när jag tänker på honom.

Det var så jag borde ha känt från början. Det var så jag borde ha känt. Hade jag gjort det hade det aldrig hänt.

Men jag blev varken arg eller rädd. Hade det gått bättre om jag hade blivit rädd?

Rädsla kan sätta sig i musklerna. Om musklerna inte går att styra med viljan, hjälper det inte att vilja. Det har jag läst i en bok. Man får inte låta rädslan ta överhanden. Istället ska man låta energin som ligger i rädslan förvandlas till raseri. Och så ska man vråla. Samtidigt som man vrålar ska man samordna sina rörelser så att man klarar av att både sparka och använda händerna till att klösa angriparen i ansiktet eller köra in tummarna i ögonen på honom. Och då, när man har fått honom ur balans, kan man fly.

Om jag hade haft vett att bli rädd kunde jag kanske ha gjort så. Men jag gjorde nästan ingenting alls för att klara mig undan, eftersom jag inte kunde känna det jag borde ha känt.

När vi satt i bilen på väg hem till Göran, undrade jag för mig själv om vi skulle få vin till maten den här gången också, som hemma hos mig, eller om han hade bestämt att vi skulle vara utan. Jag vet ju inte hur förtjust han är i vin egentligen. Hemma hos mig drack han bara några glas, och det gjorde han kanske mest av artighet. Men jag tänkte att det kunde bli lättare för mig att berätta om våldtäkten om jag hade druckit lite och hoppades att det skulle finnas vin.

Han parkerade bilen på gatan nedanför sin lägenhet. Den ligger högst upp i ett trevåningshus. Man går in från gården, där niovåningshusen på Ritargatan ligger. Han gick före mig uppför trapporna och låste upp dörren till lägenheten och höll upp den åt mig.

Hans lägenhet är en tvåa med kokvrå, och den har en balkong som vetter mot gatan och Vaksala kyrka. I vardagsrummet har han ett matbord och två stolar, en lång bokhylla, en soffgrupp, en snurrfåtölj, en golvlampa och en teve. Det finns tavlor och krukväxter men inga fotografier och nästan inga prydnadssaker. Gardiner och mattor tänkte jag inte på. I sovrummet har han en bred säng med mörkgrönt överkast och lila prydnadskuddar, en vägghylla och en byrå.

Det blev som jag hade hoppats, att vi fick vin till maten. När vi hade ätit satte vi oss vid soffbordet och fortsatte att dricka. Vi satt i soffan och pratade, och till slut kom vi in på våldtäkten.

– Hur länge har du bott här?

– I fyra år.

– Har du bott ensam hela tiden?

– Ja, i den här lägenheten har jag alltid bott ensam.

– Var bodde du förut då? Eller ni, menar jag.

– I Eriksberg.

– Träffar du henne fortfarande?

– Nej, det gör jag inte. Hon har en ny kille nu.

– Tog du det hårt? Att hon inte orkade med dig, menar jag.

– Ja, det gjorde jag nog. Men jag förstod henne också.

– Hur länge var ni ihop?

– I tre år. Men du berättade aldrig varför det blev slut mellan dig och... Bernt?

– Nej. Det berodde på hur han reagerade på våldtäkten. Det var då jag fattade att vi inte hade det bra.

Våldtäkten. Jag lyckades övervinna mitt motstånd mot att säga ordet högt och fick det att låta naturligt och obesvärat.

Nu skulle han få veta att det var en fullbordad våldtäkt. Nu skulle jag få veta om han klarade av att lyssna.

När jag sa ordet iakttog jag honom noga, och jag såg att han fick ett undrande uttryck i ansiktet.

"Våldtäkten?" sa han. "Jag trodde att du kom undan?"

Han sa det så självklart, som att det var vilket vanligt ord som helst, och jag kände att han inte värjde sig.

– Kommer du ihåg vad som stod i tidningsnotisen som jag visade dig den där gången när du kom hem till mig när jag var sjuk?

– Ja.

– Det stod att jag kom undan, men så var det inte. Jag trodde det först, men så var det inte. Och kommer du ihåg den där gången när du följde med mig in på gården där det hade hänt?

– Ja, det gör jag.

– Att jag blev så upprörd då, berodde på att jag kom ihåg hur det verkligen hade gått till. Du höll om mig och försökte trösta mig, men jag kunde inte ta emot det fast jag ville, och när du frågade om jag ville prata om det kunde jag inte det heller. Men det berodde inte på dig.

– Nej, det trodde jag inte heller.

– Vad trodde du då?

– Att du inte orkade med det.

– Tog du det inte personligt att jag avvisade dig?

– Jag kände mig inte avvisad. Du hade ju visat förtroende för mig genom att be mig följa med in på gården, och jag trodde att du skulle ha berättat om du bara hade kunnat. Att du egentligen ville det.

– Ja, det ville jag. Men det var så mycket annat…

– Mm.

– Visste du det?

– Ja, jag kände att du hade saker att reda ut.

– Hur kunde du känna det?

– Jag märkte det på ditt beteende.

– Vad tänkte du när du märkte hur knäpp jag var?

– Jag tyckte inte att du var knäpp. Jag vet själv hur svårt det är att orka ta till sig allt på en gång.

– Men det du trodde att jag hade varit med om var ju bara en struntsak i jämförelse med ditt.

– Men en struntsak visade det sig alltså inte vara, när allt kom omkring?

– Nej.

Han klarade det. Han klarade av att lyssna på mig och hålla sig själv utanför. När han nämnde sig själv var det bara för att visa att han visste hur det kan vara.

Jag började gråta när jag kände att han förstod mig, och har förstått mig hela tiden, och jag tänkte att jag redan hade fått bevis på att han klarar av det. Men han visste ju inte vad som skulle komma. Han kunde ju nå en punkt där det blev för mycket för honom. Jag kunde också nå en punkt där jag inte lyckades hålla mig på rätt sida längre. Det handlade lika mycket om mig själv som om honom.

Och han fortsatte.

– Hur började det?

– Det började med att jag gick förbi honom på gatan och att han kom efter mig och frågade hur mycket klockan var. Sen fick han in mig på den där gården.

– Mm.

– Du måste fråga, för jag vet inte hur detaljerat du vill att jag ska berätta.

– Du behöver inte göra det här om du inte vill.

– Nej, jag vet.

– Men…?

– Jag vet inte hur viktigt det är att jag berättar det.

– För dig eller för mig?

– För båda.

– Nej, det vet inte jag heller.

Men plötsligt kändes det inte viktigt längre. *Vad spelar det för roll vad som hände?* tänkte jag. *Varför måste han få veta det? Räcker det inte med att jag vet själv och glömmer det?*

Eller blev jag rädd? Göran märkte att jag tvekade och satt tyst och väntade. Det kändes så motigt för mig att fortsätta. Men han hjälpte mig att komma vidare.

– Jag har kanske fel, men jag tror att det skulle vara bra om du berättade det ändå.

– Tror du?

– Ja. Men bara om du känner att du verkligen kan och vill.

– Jag vet inte vad jag känner just nu. Men jag har inget emot att du frågar.

– Okej. Då börjar jag med… Vad var han för en typ, den där killen? Du sa förut, efter rättegången, att han hade våldtagit andra? Han var alltså nån sorts serie-våldtäktsman som ägnade sig åt överfallsvåldtäkter?

– Ja, det måste han ha varit. Det har jag aldrig tänkt på.

– Hur gammal var han?

– Jag kommer inte ihåg. Mellan tjugo och tjugofem, tror jag.

– Hur långt straff fick han?

– Det vet jag inte. Jag tog aldrig reda på det.

– Varför inte?

– Jag ville inte intressera mig för honom.

– Nej, det förstår jag. Men du vet att du kan begära ut domen om du skulle vilja läsa den?

– Ja, jag kanske gör det nån gång. Men inte nu.

– Vad minns du tydligast av det som hände?

– Att han kladdade ner mitt ansikte med sin penis.

– Hur gjorde han då?

– Tryckte och gned den mot mina kinder och försökte tvinga in den i min mun.

– Varför minns du just det, tror du?

*– För att det var så äckligt och för att det luktade så
illa om mitt ansikte efteråt. Från början visste jag ju inte
vad det berodde på, men när jag satt på polisstationen
kände jag lukten.*

Han ställde rätt sorts frågor hela tiden och var intresserad av svaren. Först frågade han lite om killen, men det var inte honom han var intresserad av
utan av mig. Det var så det kändes i alla fall, och
det var det som gjorde att mitt motstånd försvann.
Vinet jag drack hjälpte också till.

– Hotade han dig?

– Ja.

– Hur då?

*– Han sa att han hade en pistol, och han sa att han
skulle slå mig, och han sa att om jag skrek eller inte gapade så skulle han döda mig.*

– Hade han ett vapen? En pistol?

– Ja, han sa det, men jag såg den aldrig.

– Använde han… Vilken sorts våld använde han?

*– Han knuffade mig och höll fast mig och dunkade
mitt huvud mot en vägg och gav mig en örfil och bände
isär mina ben och vräkte omkull mig på marken och gav
mig ett knytnävsslag i ansiktet.*

*– Ja, jag såg ju att du var skadad, men jag förstod inte
hur mycket. Hela din kropp måsta ha varit… Du måste
ha varit alldeles blåslagen.*

– Ja, det var jag.

När vi pratade om hur skadad jag hade blivit började jag gråta, för då fattade jag hur orättvist och hemskt det var att jag blev misshandlad. Jag kände att Göran ville trösta mig, men det gjorde han inte. Han satt bara tyst och väntade tills han såg att jag var beredd att fortsätta.

"Och så kom han in i dig?" sa han, och min kropp fattade inte att det var våldtäkten vi pratade om utan reagerade som om det var *han* som skulle komma in i mig. Hans ord fick en våg av upphetsning att välla upp i mig, och jag förstod inte hur det kunde hända när vi pratade om så negativa saker. Men jag visade ingenting och försökte skärpa mig. Sen mindes jag hur polisen som förhörde mig uttryckte sig om samma sak. Han fick det nästan att låta som att det inte var mig det gällde.

"Och så förde han in sin penis i slidan?" sa han.

Jag kommer ihåg att jag reagerade på det och tänkte att han kanske valde att säga det på ett obestämt sätt för att inte bli för personlig. "Vems slida?" fick jag lust att fråga. Och "förde" var ett alldeles för milt ord. Varför uttryckte Göran det också alldeles för milt? Varför sa han "kom in" som att jag välkomnade det?

Det var för att det lät positivt som min kropp

reagerade som den gjorde. Men varför sa han så? Inte för att han trodde att jag ville det i alla fall, som Bernt verkade tro. Det visste jag att han inte menade.

Men så fort tankarna hade hunnit ifatt min kropp reagerade jag.

"Kom in, som i välkommen in, menar du?" sa jag.

Det slank ur mig innan jag hann hejda mig, och jag hörde själv hur kall min röst lät. Hur kunde jag vara så hård och orättvis mot honom? Varför krävde jag att han skulle vara perfekt och inte kunna begå minsta lilla misstag? Att han valde fel ord bara för att han utgick från sig själv, som jag är nästan säker på att han gjorde, var väl inget jag behövde hänga upp mig på? Det var ju likadant för mig, att jag hela tiden, fast vi pratade om annat, var påverkad av hans fysiska närvaro.

Hur skulle jag kunna förklara för honom att min negativa reaktion berodde på att jag höll på att testa honom, och att jag var överkänslig mot minsta lilla felsägning?

"Förlåt", sa jag. "Jag vet att du inte menade så."

"Nej, det är jag som ska be om förlåtelse. Jag blev lite distraherad… Jag vet att han våldtog dig."

Jag kunde ha frågat vad det var som hade distraherat honom, men det gjorde jag inte. Jag bara tänkte att han kanske var lika förvirrad som jag och ångrade att jag hade ifrågasatt honom.

Jag blev mer och mer påverkad av vinet, och när jag tänkte att jag ville se i hans ansikte hur han reagerade på det jag sa, hade jag svårt att fokusera. Han satt och såg ner i sitt glas och tittade inte på mig. Jag kände att han lyssnade, och när jag tystnade såg han upp. Hans ansiktsuttryck var öppet och allvarligt och inte alls som Bernts kalla, stela mask som han alltid gömde sig bakom när han kände sig hotad eller illa till mods. Göran stängde sig inte, och han tog inte avstånd från mig eller misstänkte mig för delaktighet som Bernt gjorde.

Bernt och jag levde ihop när det hände, och det är kanske skillnad, men det borde det inte ha varit. Om vi hade varit tillsammans av kärlek skulle han ha reagerat annorlunda. Men det var inte av kärlek vi var ihop. Det vet jag nu. Då förstod jag inte bättre och gick med på saker som jag egentligen inte ville. Det var inte hans fel, och jag är inte arg på honom längre, men jag vill aldrig mer träffa honom.

"Du gillar ju att bli våldtagen", var det sista han sa innan han försvann.

– Vad hände inne på gården?
– Vi stod vid en vägg först. Han tryckte upp mig mot en vägg och fick av mig kappan, långbyxorna och

trosorna. Det var mitt eget fel att han lyckades med
det. Men sen kom jag loss och sprang iväg. Jag trodde
att jag hade kommit undan då, och glömde resten. Det
var det som kom tillbaka när du och jag var där. När
jag sprang iväg fick han tag i mig igen och vräkte om-
kull mig på marken och satte sig på mig. Han gned sig
mot mitt ansikte och försökte tvinga mig att suga. När
jag vägrade slog han till mig i ansiktet med knytnä-
ven. Nu bara berättar jag så att du slipper fråga och
slipper väga varje ord på guldvåg innan du frågar
bara för att jag testar dig.

– Testar mig? Jaha… okej.

– Han hade inget stånd, men det fick han när han
hade hållit på och gnuggat ett tag, och så tvingade han
sig in och började stöta, och jag skrek inte, för då skulle
han ha slagit mig, och han hade svårt att få utlösning
och tog i så att svetten rann, och sen var jag borta ett
tag och sen hoppade han upp och försvann. Så gick det
till, och det är det bara du och polisen som har fått
veta, för ingen annan har velat veta det, och nu ska
jag inte dricka mer, för nu känns det lite dimmigt, och
jag vet inte riktigt vad jag säger.

– Bernt då? Berättade du det inte för honom?

– Nej, det gjorde jag inte, för han var likadan.

– Var han?

– Ja, men det kunde han inte rå för.

– Vad hände när han hade försvunnit då?

– Bernt?

– Nej, killen som våldtog dig.

– Då försökte jag resa mig, och så svimmade jag, och sen kom det en kille och hjälpte mig in på Lucullus och ringde till polisen. Då trodde jag fortfarande att jag hade klarat mig.

– Mm.

– Sen ljög jag för polisen.

– Men om du inte mindes kan man inte säga att du ljög.

– Nej, om annat.

– Du ljög om annat?

– Nu låter du som en polis. Du frågar som en polis.

– Gör jag?

– Ja, du skulle bli en bra förhörsledare. Det är du som har fått mig att berätta.

– Var det din mening att jag skulle få veta, eller blev det bara så, på grund av vinet eller min excellenta förhörsteknik?

– Det var meningen.

– Var det det som var testet?

– Ja.

– Har jag klarat det då?

– Ja, det har du, för du är perfekt. Har du kvar det där bandet med Arne Lamberth som vi lyssnade på i bilen förut?

– Ja, det ligger kvar i handskfacket.

– Då ska vi lyssna på det nästa gång vi åker, för det var länge sen vi lyssnade på det, och det är som en låt på det bandet du är.

– Är jag som en låt på bandet med Arne Lamberth?

– Ja, det är du. Russ... russian Folk Song är du
som. Men nu ska jag inte dricka mer, för jag pratar så
mycket strunt, och man vet aldrig vad jag kan kläcka
ur mig, för jag litar på dig och skulle kunna berätta
vad som helst för dig. Jag kan råka försäga mig, och
det vill jag inte, så nu är det bäst att jag går hem in-
nan jag råkar försäga mig.

Jag skulle inte ha druckit så mycket, för mot slu-
tet fick jag vakta på mig själv hela tiden för att
inte säga det jag tänkte och kände. Jag litar på dig,
jag är kär i dig, jag vill ligga med dig, jag älskar dig,
tänkte jag.

När jag skulle gå följde han med mig bort över
gatan och fram till min port. Där kramade han
mig, som man kramar vilken ytligt bekant som
helst, och då var jag glad att jag hade lyckats
hålla inne med det.

Nu vet han. Jag var tvungen att berätta, och vi klarade det båda två, men nu vill jag aldrig mer prata om det. Jag är dödstrött på det, efter all tid jag har lagt ner på det och efter allt utrymme det har fått ta i mitt liv. Det betyder ingenting längre. Jag vill bara glömma det.

Nu vet han, men det känns inte riktigt ra ändå och jag förstår inte varför. Varför är jag inte nöjd?

Jag berättade det inte med känsla. Jag rabblade bara upp det som för att få det överstökat. Det var inte så jag hade tänkt att det skulle bli.

Sättet jag sa det på gjorde att jag inte kunde ta emot tröst. Jag trodde att jag inte behövde tröst, men det gör jag. Ingen har tröstat mig för det som hände. Göran har försökt, men jag har inte varit öppen och kunnat ta emot det, och det var jag inte den här gången heller.

Det gör mig ledsen. Varför hindrar jag mig själv från att få det jag behöver? Det är inte rätt. Jag måste låta honom få trösta mig! Det är ju det han vill och det jag behöver.

Några dagar efter våldtäkten gick jag in i hans rum på jobbet när han inte var där och bara stod mitt på golvet och tänkte på honom. Hade han kommit då, hade jag kanske låtit honom trösta och hjälpa mig. Men jag visste att han var ledig och inte skulle komma.

Nu vet jag att jag kan lita på honom. Jag känner honom. Jag vet vem han är.

Varför gråter jag när jag tänker så? För att jag inte såg honom förut, fast han fanns där? För att jag var så borta från mig själv att jag inte *kunde* se honom?

Det känns som om han har väntat på mig hela den här långa tiden. Väntat på att jag skulle upptäcka honom och känna att han förstod och var beredd att lyssna på mig så fort jag var redo att berätta.

Det är mitt fel att han har fått vänta. Det är kanske därför jag är ledsen. Jag ville inte göra så mot honom. Jag ville inte göra så mot mig själv heller. Jag ville inte göra så mot *oss*.

Nej, jag kan inte veta säkert att han har väntat. Jag kan inte veta att han vill detsamma som jag. Det enda jag vet är att han har sagt att han kände att jag hade saker att reda ut. Att han märkte det på mitt beteende. Men det behöver inte betyda att han väntade.

Jag gick in till Göran i hans rum på jobbet och stängde dörren efter mig. Han satt i sin stol bakom skrivbordet, och jag satte mig i besöksstolen mitt emot.

"Förlåt för i fredags", sa jag. "Det blev inte bra."

Jag ville förklara, och jag ville visa honom att jag är öppen nu. Samtidigt var jag rädd för vad som skulle kunna hända om han rörde vid mig. Skulle trösten förvandlas till sex då? Det ville jag inte, och jag litade inte på mig själv. Jag litade inte på min kropp. Jag visste att jag kunde behärska mig och dölja det, men hur skulle jag kunna ta emot tröst om jag var sexuellt upphetsad? Skulle inte det hindra lika mycket som om jag var stängd?

Göran slutade med det han höll på med och såg på mig.

– Vad var det som inte blev bra?

– Hur jag berättade det. Jag var inte öppen.

– Nej? Ångrar du dig?

– Nej, men jag skulle inte ha hasplat ur mig det så där,

som att det inte betydde nånting. Jag skulle inte ha druckit så mycket vin.

– Nej?

– Jag var inte ärlig med hur jag känner.

– Hur känner du då?

– Att jag är ledsen för att jag blev misshandlad och …våldtagen. Jag har svårt att känna det. Det är därför jag blir stängd och avvisande när jag pratar om det. Ja, det var bara det jag ville säga. Så att du inte tror att jag…

Jag tog mod till mig och försökte. När jag hade sagt det jag skulle och reste mig upp från stolen, reste han sig också och kom fram till mig och omfamnade mig. När jag kände hans armar om mig började jag gråta. Han tryckte mitt huvud mot sin axel och höll mig om ryggen medan jag grät.

Han var nära mig. Han höll mig intill sig. Jag kände hans varma kropp mot min, och jag tryckte mig mot honom och grät och lät honom trösta mig. Jag tog emot hans tröst, och det gjorde så ont, som om jag aldrig hade blivit fysiskt tröstad förut. Det hade jag kanske inte heller. Det har jag kanske inte.

I bilen satte Göran på bandet med Arne Lamberth, och när Russian Folk Song kom tittade han på mig och log. Jag visste att han tänkte på att jag hade sagt att jag tycker att han är som den låten, och det fick mig att känna mig lite dum. Men han menade inte att göra mig generad.

Förut när jag lyssnade på den blev jag alltid gråtfärdig, men så kände jag inte nu. Så känner jag inte längre. Jag tycker fortfarande att den är vemodig och vacker, men jag börjar inte gråta när jag hör den.

När musiken hade tystnat började han ställa frågor till mig.

– Jag har tänkt på det du berättade i fredags. Du försvann så fort att jag inte hann fråga om saker som jag undrade över.

– Då får du göra det nu.

– Ja, du sa ingenting om sjukhuset, till exempel, om hur det var när du kom till sjukhuset.

– Jag kom aldrig dit. Jag behövde inte det.

– Behövde du inte?

– Nej, det kom en läkare till polisstationen och undersökte mig där istället.

– Jaha… Är det så det brukar gå till?

– Jag vet inte. Men det var ju ingen som visste då att det var en… fullbordad våldtäkt. Det berodde kanske på det.

– Mm. Blev du bra behandlad av polisen då?

– Ja, dom tog det på större allvar än jag själv gjorde. Jag var så knäpp…

– Hur menar du?

– Jag förminskade det och tyckte nästan inte att det var ett brott ens. Jo, sen, när jag kom ihåg alltihop, men inte från början.

– Varför gjorde du så?

– Det är svårt att förklara.

– Försök.

– Det hade med mitt och Bernts förhållande att göra. Eller på hur han såg på… Nej, jag ska inte skylla på honom. Mest hade det nog med min barndom att göra.

– Hur då?

– Ja, att jag inte fick känna mig värd så mycket.

– Hur reagerade Bernt på att du hade blivit våldtagen då?

– Jag berättade det aldrig för honom. Han läste det som stod i tidningen, det som du också fick läsa, att det bara var ett våldtäktsförsök, och det var allt han visste.

– Men när det blev rättegång då? Då måste han ju ha fått reda på det?

*– Nej, jag fick ett brev med en kallelse, och det visade
jag inte för honom, och sen, när rättegången var, hade
jag redan flyttat ifrån honom.*

*– Vem hjälpte dig då? Vem hade du att prata med ef-
teråt?*

*– Ingen. Jag ville berätta det för dig, men då, när det
nyligen hade hänt, kunde jag inte, och sen kändes det
som att det inte behövdes. Jag redde ut det själv.*

– Mm.

– Som du gjorde med ditt.

– Mm.

Jag hade inte tänkt berätta för honom om mina
konstiga tankar och känslor, men när han frågade
kom jag in på det ändå. Det kändes bra att han ville
veta mer, och att vi kunde prata om privata saker i
bilen också, för det har vi nästan aldrig gjort förut.
Bilen har varit som ett tomt, gemensamt utrymme
bara, och det utrymmet fyllde vi med oss själva nu.
Vi utökade våra kontaktmöjligheter, och det var så
jag ville att det skulle bli när jag bestämde mig för
att närma mig honom. Och det känns lättare att
hålla sig till saken när vi sitter i bilen där inte så
mycket annat kan hända.

– Tänker du mycket på det som hände?

*– Nej, inte nu längre. Men i början ältade jag det hela
tiden. Det värsta var nästan att jag inte begrep mig på
mina egna känslor. Att jag tyckte att jag reagerade onor-*

malt. Att jag inte kunde känna mig skadad och förnedrad fast jag visste att jag hade blivit det. Jag var tvungen att ta reda på vad det var för fel på mig, och det överskuggade nästan allt annat i början.

– Du var inte bara chockad då?

– Nej, det var inte bara det. Jag var chockad också, som om jag hade varit med om en olycka, men det var inte bara det. Jag har fått kämpa mig fram till att lägga hela skulden på rätt person, och till att känna hur jag verkligen reagerade på det han gjorde mot mig. Det är det som har varit svårt.

– Och vad känner du nu när du tänker på honom?

– Ilska, motstånd och… försvarsberedskap.

– Bra.

När vi pratade om våldtäkten blev jag ledsen flera gånger. Skillnaden mellan det jag känner nu, som är det rätta, och det jag kände då, som var fel, är så stor. Nu när jag vet hur det känns när jag verkligen vill, vet jag hur det känns när jag inte alls vill också. Det gjorde jag inte då.

– Var du rädd?

– Nej, och det hör också till det onormala.

– Hur menar du?

– Jag borde ha blivit rädd, men det blev jag inte, och det är inte normalt.

– Men han hotade dig ju med ett vapen?

– Han hade inget vapen, och det visste jag. Eller inte

visste, men jag trodde inte på honom när han sa det, för han visade det inte. Han sköt bara ut jackan med ett finger inifrån en ficka.

– Men då…

– Åh, du vet inte hur dum jag var! På alla möjliga sätt. Jag står knappt ut med att tänka på det!

Hans frågor fick mig att börja gråta, och det var väl bra, antar jag, för det bevisade ju att jag var öppen. Men jag skämdes när jag tänkte på hur dum jag var och hur konstigt jag reagerade både före och efter våldtäkten.

Göran hjälper mig att känna genom att ställa frågor som ingen annan har ställt, och det är bra för mig. Det vet jag. Men jag vill inte att det ska handla bara om mig när vi pratar. Självupptagen kan jag vara för mig själv, när jag är ensam.

Men det är han som frågar, och det gör han inte av artighet. Han är intresserad av mig och vill veta. Jag måste lita på det och inte känna mig skyldig för att jag behöver och tar emot det han ger mig. Vad är det för fel på mig? Jag kände mig till och med skyldig när jag hamnade hos polisen och tog upp deras tid och var till besvär.

DEL FYRA

Jag tänker på Göran. Nu när jag vet hur det ser ut hemma hos honom, kan jag se honom stå i kokvrån eller sitta vid bordet i vardagsrummet eller i snurr-fåtöljen framför teven eller ligga på sängen i sov-rummet. Jag ser honom gå omkring i lägenheten, och han är lika ensam som jag.

Tänker han på mig? Undrar han vad jag gör? Längtar han efter mig som jag längtar efter honom, och alltid har gjort, fast jag inte har förstått det? Tänker han på sin syster? Gråter han?

Nej, gråter är det bara jag som gör, när som helst, hur som helst och varje dag.

Vi bor så nära, och ändå är vi på skilda ställen hela tiden när vi inte är på jobbet. Det känns inte rätt.

På jobbet uppför vi oss precis som vanligt, som om ingenting har hänt. Egon och Viola märker inte att det är ett annat läge nu. Eller är det inte det? Har vi bara… *avbördat* oss, och så är det inte mer? Jag kanske bara inbillar mig att det inte är allt. Jag är kanske så uppfylld av mina känslor för honom att jag inte uppfattar *hans*. Han klarade mitt fåniga test, och han har lyssnat vänligt och förstående och tröstat mig, men mer vet jag inte. Resten är kanske bara mitt. Min upphetsning och mina fantasier om oss är kanske bara en reaktion på att jag har varit så stängd förut. Det jag känner är kanske inte alls ömsesidigt.

Jag har bläddrat lite i några av böckerna som jag har fått av morfar, och i boken "Förräderiet mot kroppen" av Alexander Lowen står det:

En människa är ansvarig för sina handlingar men inte för sina känslor. En känsla är en biologisk reaktion i kroppen, vilken ligger utanför jagets makt. Jagets roll är att uppleva känslan, inte att sätta sig till doms eller kontrollera den. Det som ligger inom jagets kontroll är handlingen. En frisk person som är arg eller sexuellt upphetsad kan behärska sina känslor tills han får ett lämpligt tillfälle att ge uttryck åt dem. På så sätt kan han handla under ansvar. Ett friskt jag är inte hjälplöst i förhållande till kroppen. Om det skulle vålla skada att ge uttryck åt känslan i ord eller handling kan jaget hålla tillbaka detta uttryck genom sin kontroll över viljemuskulaturen utan att samtidigt behöva förneka eller undertrycka känslan. På så vis undviks skadan utan att det därför uppstår någon inre konflikt.

Jag började gråta när jag läste det, för det är så alla

borde göra men många inte gör.

Jag vill ge Göran allt jag har. Jag vill ge mig åt honom. Jag vill ta emot honom. Jag vill att han ska komma in i mig. Att det inte händer är nästan outhärdligt. Det *måste* hända. Det finns ingen annan möjlighet.

Det är när jag är ensam och tänker på honom som jag släpper fram det. Inte på jobbet och nästan aldrig i bilen, fast vi alltid är ensamma då. Det är bara hemma jag gör det. Ibland står jag knappt ut. Det hjälper nästan inte att jag onanerar, för min kropp är inställd på honom hela tiden, och bara jag tänker på honom så gör den sig beredd igen.

Jag visste inte att det kunde kännas så här. Med Bernt hade jag ingen lust alls och trodde att jag var frigid. Men det var jag inte. Det är jag inte. Det vet jag säkert nu.

I natt drömde jag om pappa. Jag kommer inte ihåg vad det var, mer än att han låste in mig i en stor låda och att jag fann mig i det utan att protestera.

Jag var bara åtta år när han försvann. Jag kommer knappt ihåg honom. Det var han som ville skiljas från mamma, och det förstår jag, för hon lämnade väl inget utrymme åt honom heller.

Han var militär. När jag var riktigt liten var jag rädd för honom. Han var så barsk till sättet, och när jag sökte kontakt med honom avfärdade han mig nästan alltid. Om jag till exempel hade ramlat och slagit mig, och jag sprang iväg till honom för att få tröst, kunde han säga: "Det där är väl inget att gråta för", eller "Det där kan väl inte ha gjort så ont". Han hade aldrig tid med mig och brydde sig inte om mig. När han försvann saknade jag honom inte, för jag hade aldrig haft honom.

Och mamma var inte heller där. Det var bara när jag var sjuk och låg till sängs som hon kunde pyssla om mig lite och bry sig om hur jag hade det. Annars var jag alltid ensam.

Det är på grund av hur jag hade det när jag var liten som jag blev så knäpp sen. Det är nästan det värsta, och det jag skäms mest över. Måste jag berätta för Göran om alla konstiga tankar och fantasier som jag hade och kanske fortfarande har? En del har jag redan nämnt, men jag har inte avslöjat allt. Det behöver jag kanske inte göra heller.

Och hur var *hans* föräldrar? Vilken sorts barndom hade *han*? Det är så mycket jag fortfarande inte vet om honom. Det är så mycket kvar att ta reda på.

Det jag vet är att hans pappa är agronom och att hans mamma är arkivhandläggare på Gävle tingsrätt. Jag vet att han har två äldre bröder som lever, och en yngre syster som är död. Jag vet att han flyttade hemifrån när han var nitton år och att han har läst företagsekonomi vid Uppsala universitet. Att han är allmänbildad men oteknisk. Att han gillar att tvätta, städa och laga mat. Att han äter ett kokt ägg och havregrynsgröt och mjölk till frukost. Att han retar sig på opraktiska saker som inte är funktionellt utformade. Att han tycker om växter och djur, pizza, kaffe, scones, vispgrädde, nötter, klassisk musik och böcker. Att han spelar tennis och simmar. Att han varken röker, snusar eller dricker starksprit. Att han avskyr folksamlingar, fester, jippon, motorsport, boxning, djurplågeri och våld.

En del har han berättat själv, men det mesta har jag snappat upp på jobbet och lagt på minnet.

I bilen på väg hem sa Göran plötsligt:

"Har du lust att komma hem till mig på lördag kväll?"

Så fort jag hade fattat vad han frågade, vällde en varm, sugande våg upp i mig. Hur kunde kroppen reagera innan jag ens hade hunnit tänka tanken på vad som skulle kunna hända om vi träffades hemma hos honom?

Lust att komma.

"Ja, det har jag", sa jag.

"Bra", sa han och log. "Ska vi säga vid sjutiden?"

I morgon är han borta på en konferens, så vi kommer inte att träffas igen förrän på lördag. Jag har med andra ord lång tid på mig att stressa upp mig och bli nervös.

För jag vet att vi är framme vid det nu. Det finns ingenting som hindrar längre. Bara jag tänker på det blir jag upphetsad.

Är det normalt att reagera som jag gör? Ibland tycker jag att det är så överdrivet, som att jag är besatt av honom, eller besatt av sex. Känner jag för mycket nu, bara för att jag kände för lite med Bernt? Är jag lika knäpp nu som jag var då, fast på ett annat sätt?

Det kanske lugnar ner sig när vi väl har gjort det. Eller hur kommer det att bli? Jag känner mig så oerfaren och dum. Jag har haft sex med en enda kille i mitt liv, och det var aldrig bra. I sex år hade jag det så och trodde att det var mig det var fel på som aldrig kände att jag hade lust. I böckerna jag läste hittade jag inga svar. Jag var patetiskt, och det är jag kanske fortfarande.

Hur kan jag vara så säker på att han vill ha mig? Det känns som om han har bestämt sig för mig och bara väntar på att jag ska bestämma mig för honom också, men det är kanske bara inbillning.

Min kropp har bestämt sig för länge sen. Det är i själen jag är osäker. Det fysiska tar över, så att det blir otydligt för mig hur han är som person. Jag kan inte se honom riktigt. Det enda jag kan, är att ta emot honom fysiskt. Att jag vill det betyder kanske att jag älskar honom, men jag har ingen klar uppfattning om det.

Eller också betyder det att jag inte kan motstå att jag känner mig älskad av honom. Det är den känslan som gör att jag inte tvivlar på vad han vill. För honom finns det ingen tvekan alls, och det får mig att känna mig trygg men samtidigt lite underlägsen och ynklig. Jag känner att jag inte har allt som behövs för att motsvara honom.

Så fort jag hade hängt av mig ytterkläderna i hallen ställde han sig framför mig och omfamnade mig. Vi stod mitt på golvet under lampan, och jag kunde nästan inte andas. Han hade svarta jeans och en klarblå skjorta på sig. Jeansen matchade hans hår och skjortan hans ögon. Jag undrade om det var medvetet, eller om det bara hade råkat bli så. På jobbet har han skjorta, slips och kostym ibland, och det får honom att se annorlunda ut.

Jag hade också jeans, fast blåa, och en grå långärmad tröja. Det hade inte känts rätt att klä upp sig, så det hade jag inte gjort. Jag är inte så intresserad av kläder heller.

När jag stod där i hans famn tänkte jag på hur stel jag hade varit båda gångerna innan, och hur annorlunda det kändes nu. När han kysste mig märkte jag att han hade stånd, och jag tryckte mig mot det och kysste honom tillbaka. Det var första gången jag besvarade en kyss för att jag ville det. När Bernt kysste mig tyckte jag nästan att det var äckligt och fick anstränga mig för att inte visa det.

Jag skulle ha kunnat gå direkt in i sovrummet med Göran, men så bråttom hade inte han, för han släppte mig och gick iväg till kokvrån och började göra iordning kaffe istället. Jag var tvungen att lugna ner mig och vänta.

Vi fick varsin Napoleonbakelse till kaffet. Jag minns att jag sa en gång på jobbet att den sorten är min favorit, och han kom kanske ihåg det.

När vi hade fikat frågade han om jag hade lust att spela Geni. Spelet var nyinköpt, så han hade ingen fördel av att ha spelat det förut, sa han. Och det gick bra för mig, fast jag inte alls är lika allmänbildad som han.

Vi spelade länge, och till slut kändes det nästan outhärdligt att sitta där och bara skjuta upp det som vi visste skulle hända. Ibland glömde jag bort det, för att jag blev så inne i spelet, men det fanns där hela tiden.

Vid halv tio-tiden orkade vi inte mer. Då drack vi te och åt varma mackor, och sen var det dags. När vi hade dukat av och jag stod vid bänken i kokvrån kom han och ställde sig bakom mig och omfamnade mig. Han tryckte mig intill sig och kysste mig på halsen, och jag kände att han var hård.

Jag vet inte hur vi kom in i sovrummet och fick av oss kläderna. Jag var så upphetsad att jag inte tänkte på det.

Han smekte mig och kysste mig och såg på mig.

Jag kände mig… *omhuldad* av honom. Det var bra att han inte frågade om det vi gjorde var svårt för mig med tanke på våldtäkten, för jag ville att han skulle lita på att jag kunde hålla det utanför. Och han märkte ju hur upphetsad jag var. Han verkade road av det, som om tanken på att det var han som fick mig att bli så gjorde honom glad.

När han gled in i mig började jag gråta. *Åh, nu är han äntligen här, nu är han äntligen inne i mig, nu är vi äntligen så nära vi kan komma*, tänkte jag.

Han rörde sig sakta och försiktigt, och ibland låg han bara stilla och såg på mig. Det var så skönt att ha honom i mig, att ha honom där och veta att det var där han ville vara.

Jag gjorde saker som jag aldrig hade gjort förut. Jag slog benen om midjan på honom för att hålla honom kvar i mig. Jag högg tag i hans hår med händerna. Jag sög in hans underläpp i min mun. Jag gnydde och kved och jämrade mig.

Han vet inte hur känslokall och död jag var tillsammans med Bernt. *Tänk om han tror att jag reagerade så här när Bernt låg med mig också*, tänkte jag. *Det vill jag inte att han ska tro. Det får han inte. Som jag är nu, är jag bara med honom. Allt beror på honom. Förstår han det? Vet han det? Ingen annan än han skulle kunna få mig att känna och vara så här.*

När det gick för mig gnydde jag, och sen grät jag igen, och han kysste bort mina tårar och höll om mig.

När han hade somnat låg jag med ryggen tryckt mot honom och kände hans hjärta slå. Jag kände mig orolig och kunde inte slappna av och sova. Jag tänkte att det som hade hänt bara kunde hända en enda gång och aldrig mer. Som att det inte var en början utan slutet på alltihop. *Jag har kanske bara utnyttjat honom för att bevisa saker för mig själv, och nu när jag har fått allt jag ville ha, kommer jag att tappa intresset för honom,* tänkte jag. *Jag kanske inte alls älskar honom. Det trodde jag kanske bara för att jag blev fysiskt attraherad av honom.*

När jag tänkte på att jag skulle stanna kvar hos honom och sova i hans säng hela natten och sen vakna och äta frukost med honom kändes det som att jag inte skulle klara av det. Att stiga upp och klä på mig kändes inte heller rätt. Jag skulle inte kunna förklara för honom varför jag måste gå, och jag var inte säker på att det var det jag ville heller. Jag kände mig fångad i en fälla och greps nästan av panik.

Jag försökte lugna ner mig genom att tänka att det kanske var mina tankar det var fel på, och att jag inte borde tvivla på mina känslor för honom utan hålla fast vid det jag har känt hela tiden.

Jag började gråta och tyckte att jag hade svikit både honom och mig själv. Samtidigt som jag kände mig ångerfull förstod jag att jag hade blivit rädd. Jag var rädd att det var slut och att jag hade inbillat mig alltihop.

Men det hade jag inte. Det har jag inte. Jag älskar honom. Det är så starkt och intensivt och stort och djupt att det gör ont. Ibland orkar jag inte med det, men det är det som är sanningen.

Till slut somnade jag i alla fall och sov hela natten. När jag vaknade och såg honom intill mig och kom ihåg vad vi hade gjort, ville jag det igen. Det behövdes inget förspel, för vi var lika redo båda två, och det var lika njutningsfullt som kvällen innan.

Efteråt var jag inte rädd längre och bestämde mig för att ta plats och känna mig hemma hos honom. Han gav mig den platsen, och jag tog den och tänker behålla den. Jag ska inte tvivla på det jag känner mer. Om det blir svagare ibland, eller till och med försvinner för att jag tänker fel, behöver jag inte bli rädd, för nu vet jag att det kommer tillbaka bara jag tror på och håller fast vid det som är sant.

Antingen känner jag sorg och smärta, eller också är jag sexuellt upphetsad. Det är bara på jobbet, där jag måste tänka på annat, som jag lugnar ner mig lite. Om det är så att jag sörjer att jag har svikit mig själv, borde det väl gå över nu när jag inte gör det längre? Och varför måste jag känna mig så upphetsad hela tiden?

Hans doft har fastnat i min kudde och mina lakan. Ibland när jag ligger på rygg i sängen särar jag på benen fast han inte är här, och känner att jag vill ha honom ovanpå mig och i mig. Jag känner mig mjuk och smidig i hela kroppen, som en katt som ligger och kråmar sig i solen och väntar på att bli smekt. Jag känner mig fin. Det är jag kanske inte, men det är så det känns.

Vilka andra har han varit ihop med? Det skulle jag fråga honom, bestämde jag. Och vilka vänner han har haft och har.

Det kändes som att jag tänkte testa honom igen. Testa eller förhöra. Det fick mig att känna mig beräknande och taskig. Men hur skulle jag annars få

veta? Och jag ville pröva mig själv för att ta reda på
om jag skulle bli svartsjuk eller inte.

*– Räkna upp alla tjejer som du har varit ihop med efter
högstadiet.*

*– Efter högstadiet? Ja, då ska vi se… Först var det
Sara, sen var det Margareta, sen Johanna, sen Magdalena, sen Emma, sen Kristina…*

– Nä, det där är ju fruntimmersveckan!

– Ja, det har du rätt i.

– Du måste vara allvarlig.

*– Ja, okej. Före Therese var det faktiskt bara två. I
gymnasiet gick jag in för tennisen och hade inte tid med
tjejer. Dessutom var jag finnig och blyg. Men sen träffade jag Linda, och efter henne kom Anna.*

– Hur… Nej, det här går inte.

– Vad är det som inte går?

*– Jag trodde att jag var intresserad av dina ex, men
det är jag inte.*

– Bra.

– Varför är det bra?

– För att inte jag heller är det.

Linda, Anna och Therese var före mig. Nu är det
bara jag. Han älskar mig. Han har inte sagt det, men
jag vet det ändå. Jag kan inte känna mig svartsjuk
på hans tidigare flickvänner när jag så tydligt märker hur ointresserad han är av att tänka tillbaka på
hur han har haft det med andra.

Om han träffade en annan, nu när han och jag är ihop och han ville lämna mig, skulle jag inte heller bli svartsjuk. Han måste ju få göra det som är rätt för honom. Jag skulle aldrig försöka övertala eller tvinga honom att stanna hos mig. Jag vill att han ska känna sig fri. Allt han gör i förhållande till mig måste vara av fri vilja, för annars är det ingenting värt.

Morfar har frågat om jag vill köpa hans lägenhet, och det vill jag. Jag får den jättebilligt, för han ska ändå snart dö och behöver inga pengar, säger han. Och det jag betalar till honom kommer mamma att få ärva, och hon har också så att hon reder sig och behöver inte mer pengar hon heller, tycker han.

När lägenheten är min kan Göran och jag flytta ihop. Det har vi ju kunnat hela tiden, i hans lägenhet, men min är en tvåa med riktigt kök där man kan sitta och äta, så ska vi flytta ihop tycker jag att vi ska bo i min. Vi har inte pratat om det, och jag tänker inte ta upp det, för det är ingen brådska. Men längre fram kanske vi kommer att göra det, och då är det bra att jag äger min lägenhet.

Stackars morfar som är gammal och sjuk. Jag brukar gå och hälsa på honom ibland, men nu får jag göra det oftare, om han känner på sig att han snart kommer att dö.

Morfar är nog den enda i familjen som har brytt sig om mig. Han har alltid pratat med mig och lyssnat på mig. Det är från honom jag har fått alla ovanliga ord som dyker upp i huvudet på mig då och då. Mormor var sjuklig och dog när jag var liten, så henne kommer jag nästan inte ihåg. Jag frågade morfar om henne förra gången jag träffade honom.

– Vad dog mormor av?

– Jadu, flicka lilla… Vi sa att det var lunginflammation, men så väl var det inte, höll jag på att säga.

– Vad var det då?

– Hon begick självmord.

– Åh, gjorde hon? Hur gammal var hon då?

– Hon hade precis fyllt femtiotre.

– Varför gjorde hon det?

– Ja, vad som utlöste det fick vi aldrig riktig klarhet i. Men hon hade ju varit sjuk till och från ända sen mamma din föddes, och när hon började närma sig övergångsåldern blev det värre. Hon fick en depression som var så djup och allvarlig att jag inte vågade ta på mitt ansvar att ha henne kvar hemma. Jag vände mig till Ulleråker, där hon hade varit intagen flera gånger tidigare och blivit bättre. I min enfald trodde jag att det skulle bli likadant igen, men behandlingen som jag trodde att hon fick drog ut på tiden, och efter ett tag märkte jag att hon började bli mer och mer hospitaliserad. Hon blev inte bättre utan snarare sämre, och till slut bestämde jag mig för att ta hem henne igen. Jag skrev en artikelserie om det där sen, om hur mentalsjukhusen bara var själlösa förvaringsplatser för psykiskt sjuka. Ja, så är det väl än idag, antar jag. Man ger piller men ingen vård, och så är det

ju inte menat att vara.

– Var det hemma hos er det hände?

– Ja, hon tog sömntabletter och somnade in i sin säng.

– Blev du mycket ledsen när hon dog?

– Både ja och nej. Sorgen var uppblandad med lätt-nad, får jag väl lov att erkänna. Hon hade ju inte mått riktigt bra på trettio år.

– Orkade hon ta hand om mamma då?

– Nej, det var det ju lite si och så med. Periodvis gick det bra, men ganska ofta var det jag som fick ta över. Ibland fick vi hjälp av en grannfru.

– Hur reagerade mamma när mormor dog?

– Det minns jag inte så noga. Har hon inte berättat nånting? Du får ta och fråga henne om du vill veta, för vi har inte pratat så mycket om det. Barbro och jag var väldigt unga när hon föddes, och så dessutom det där med Barbros återkommande depressioner gjorde väl att din mamma inte fick nån vidare barndom egentligen.

Mormor tog livet av sig. Jag var bara fem år när det hände. Jag visste att hon var sjuk och måste åka till sjukhuset då och då för att få hjälp att bli frisk, så ibland var hon inte hemma. Sen försvann hon bara och var aldrig mer där när jag kom till morfar för att bli vaktad. Jag kommer inte ihåg hur han förkla-rade det för mig. Jag saknade henne inte så mycket, eftersom det var morfar som hade tagit hand om mig hela tiden, och det fortsatte han att göra efter hennes död också. Det blev ingen större skillnad för mig, och jag glömde snart bort henne.

Jag förstår att mamma är som hon är på grund av mormor, men det förändrar ingenting för mig. Jag behövde det jag behövde i alla fall och tog skada av att inte få det.

Man blir skadad utan att veta om det. Man växer upp med det och formas av det för att passa in och inte vara till besvär. Man överger sig själv och blir en annan än den man är. Andra kan se att man är skadad, men ingen bryr sig om det. Till slut upptäcker man det själv och börjar skämmas.

DEL FEM

Petra har gjort slut med sin kille i Tyskland och flyttat hem till Sverige igen. Hon ringde idag och berättade det. Hon ska bo hos sin pappa ett tag nu medan hon söker jobb och bostad.

Hon föreslog att vi skulle gå ut och äta på lördag.

"Vi kan gå till Luckan på Vaksalagatan", sa hon. "Det var där Helmut och jag träffades."

"Var det?" sa jag. "Det visste jag inte. Men vi kan äta hemma hos mig istället. Jag har flyttat och bor ensam nu."

"Va? Har du dumpat Bernt?"

"Nej, det var han som dumpade mig", sa jag.

Nästan det första jag tänkte när vi hade lagt på var om jag kunde berätta för henne om våldtäkten eller inte. Förut skulle jag säkert ha gjort det, men nu vet jag inte. Vi har inte träffats på över två år. Vi brevväxlade ett tag, men det kom snart av sig, och sen dess har vi inte haft kontakt.

Vi har varit bästa vänner sen vi gick i gymnasiet. Vi är väldigt olika till sättet, men vi har alltid kommit bra överens. Hon är livlig och pratsam och jag är stillsam och tyst. Vi är olika till utseendet också. Hon är stor och mörk, jag är liten och ljus, och hon har kort hår och jag har långt.

Jag undrar vad som har hänt mellan henne och Helmut. Det kommer hon att berätta, om jag känner henne rätt. Och hon kommer att fråga varför jag inte är ihop med Bernt längre. Vad ska jag säga då? Att jag upptäckte att han var en potentiell våldtäktsman?

Alla män är potentiella våldtäktsmän.

Det betyder inte att varje man går omkring och har lust att våldta, och skulle göra det om han fick tillfälle, eller att han låter bli enbart av rädsla för att åka fast. Det betyder att det inte går att *se* på en man om han är farlig eller inte, och att en kvinna måste räkna med att han *kan* vara det. Det har jag lärt mig. Alla kvinnor är potentiella våldtäktsoffer och alla män är potentiella våldtäktsmän.

Bernt gjorde det nästan. Han var mer än potentiell. Han hade en spärr inför det avgörande steget, men hur länge skulle den spärren ha hållit om han hade blivit tillräckligt upphetsad och arg?

Ska jag berätta för Petra vad han gjorde? Jag har inte berättat det för Göran, men hon som känner honom borde kanske få veta?

Och ska jag berätta om våldtäkten eller inte? Den ska jag ju kunna ställa mig på en scen och berätta om för hela världen. Men bara för att man *kan*, är det inte säkert att man *vill*.

Jag kommer inte att berätta det för henne.

Ska jag berätta om Göran då?

Ja, det ska jag. Vi är ju ihop nu.

Hon har träffat honom en gång, men det kommer hon kanske inte ihåg. Det var på jobbet, när hon kom och hämtade mig för att vi skulle hem till henne sen, och då presenterade jag henne för honom.

Jag har saknat henne. Det ska bli roligt att träffa henne igen. Jag sa att hon kunde ta med sig en flaska vin om hon ville, och det skulle hon göra, sa hon. Vi kan dricka och prata skit om våra ex och återuppliva gamla minnen. Jag får passa mig så att jag inte förlorar kontrollen och avslöjar för mycket bara.

Petra var sig lik. Det kändes som att hon inte har varit borta alls. Vi blev ganska lummiga och satt och pratade till långt in på natten. Jag berättade för henne om Bernt och Göran, men våldtäkten nämnde jag inte. Jag vet inte riktigt varför. Jag kanske gör det senare, när vi har träffats några gånger till. Eller jag vet inte. När hon pratade om sin syster, som också har blivit våldtagen, blev hon så upprörd att det kanske är bäst att jag inte belastar henne med mer av den sorten. Vi pratade om kärleksförhållanden också, och hon berättade om sig själv och Helmut, som jag visste att hon skulle göra.

– Så det är slut mellan dig och Bernt nu?

  – Ja.

  – Vad var det som hände?

  – Han tröttnade på mig bara.

  – Träffade han nån annan?

  – Nej, det tror jag inte. Och vi var helt överens om att jag skulle flytta.

  – Ja, var han inte lite knepig, om du ska vara ärlig?

– Jo. Det var skönt att det tog slut.

– Du var nog för ung när ni började vara ihop. Man måste skaffa sig lite erfarenhet innan man binder sig, för annars har man inget att jämföra med. Och hur vet man vad som är kärlek? Före Helmut var jag kär i en massa olika killar, som du vet. Så där himlastormande kär så att jag varken kunde äta eller sova och bara ville vara med HONOM hela tiden. Resten av världen försvann som i ett töcken och det var bara han och jag som existerade. Ena stunden var jag jättelycklig och nästa kände jag mig nästan sjuk. Och varje gång hoppades och trodde jag att jag hade träffat DEN RÄTTE och att det skulle hålla för evigt. Men det gjorde det aldrig. Ibland höll det bara några dagar, ibland tills vi hade haft sex, ibland lite längre. Det finns dom som tror att det närmaste man kan komma en annan människa är att ha sex. Som om man skulle känna varann bättre efter det. Men är man inte kär innan blir man det inte efteråt heller. Det är i alla fall min erfarenhet. Till slut vaknade jag alltid upp och kunde inte fatta vad jag hade hållit på med. Och när det tog slut deppade jag ett tag, men det var inte killen jag saknade mest utan det där att inte vara ensam och att vara kåt och att känna mig vacker och efterlängtad och åtråvärd. Ja, du vet hur jag höll på. Sen träffade jag Helmut, och det började som det alltid gör, att det kändes spännande och nytt, och att vi låg vakna på nätterna och pratade och knullade om vartannat och frågade ut varann och berättade om våra liv och våra ex och blev lite svartsjuka. Jag kände så väl igen mönstret, och jag tänkte att det inte skulle hålla med honom heller. Men det gjorde det. Tills nu, alltså. Men det tar vi sen. Hur länge har du varit singel nu då? Det måste kännas ovant för dig som aldrig har varit det.

– Sen i somras. Fast jag är inte singel längre.

– Va! Har du redan träffat en ny?

– Ja, men jag kände honom redan innan. Det är en kille på jobbet. Du har träffat honom.

– Har jag?

– Ja, när du kom dit och hämtade mig en gång när vi skulle hem till dig sen.

– Du menar den där mörka, snygga killen med så otroligt blå ögon? Är det honom du är ihop med nu?

– Ja, Göran.

– Men GUD, alltså! Hur gick det till? Att ni blev ihop, menar jag. För det var ni väl inte då? Var du otrogen mot Bernt med honom?

– Nej, det blev ingenting förrän det var slut mellan oss.

– Men hur började det? Först gick ni där och jobbade ihop i flera år, och sen sa det helt plötsligt bara klick?

– Ja, ungefär. Men nu får du berätta om Helmut.

– Ja, som jag sa i telefon så träffades vi på Luckan, den där krogen på Vaksalagatan, du vet. Jag trodde att jag hade berättat det. Vi… Vad är det?

– Nej, det är inget. Jag har kanske glömt att du sa det.

– Ja, men det gör ingenting, fattar du väl. Strunt i det! Kär blev jag i alla fall, och beredd att följa honom till världens ände. Du vet hur jag var. Jag gjorde ju inte annat än pratade om honom. Och du lyssnade som vanligt, som du alltid har gjort, ända sen vi gick i skolan. Sen skippade jag dig och stack iväg med honom. Det var tacken det, va? Blev du mycket ledsen?

– Nej, jag var ju van vid att du försvann in i dina förhållanden. Och innerst inne trodde jag nog att du skulle komma tillbaka. Det tog bara lite längre tid än det brukade. Men för din skull hoppades jag så klart att det skulle hålla.

– Ja, men jag säger som du, att det var skönt att det tog slut. Berätta vad han gjorde, Bernt, mer än att våldta dig med grönsaker.

– Har du inte glömt det där än?

– Nope. "Här dansar herr Gurka, både vals och mazurka!" Nej, förlåt, det är inget att skämta om.

– Det gör inget. Men det var bara en gång, och jag hindrade honom inte.

– Varför sa du inte nej då? För att du kände dig skyldig som inte hade lust att fullgöra dina så kallade äktenskapliga plikter?

– Jag vet inte.

– Jag vet att det måste vara en kuk som körs in i tjejens mun eller underliv för att det ska räknas som en regelrätt våldtäkt, men så ser inte jag det. Och det ska inte hänga på om tjejen gör motstånd eller inte när hon blir utsatt för fysiskt intrång. Skitsamma om hon är full, drogad, medvetslös, skiträdd eller bara allmänt mesig! Ingen har rätt att skända och förnedra henne hur passiv hon än är! Håller du inte med?

– Jo.

– Jämför med ett rån. En del rånoffer kämpar och slåss för att inte bli av med sin väska, en del blir nerslagna och försvarslösa och en del lämnar över väskan utan att rånaren behöver göra så mycket mer än att stirra hotfullt och kräva att få den. Men rån är det likförbannat. Rånaren begår ett brott, och hur offret beter sig har inte med saken att göra! Men när det gäller sexualbrott är det offrets beteende som får avgöra om det ens ÄR ett brott. Det är så jävla fel! Fatta hur många kvinnoskändare som går omkring därute och tycker sig vara i sin fulla rätt att behandla tjejer som skit bara för att lagen inte är strängare!

– Mm.

– Jag vet att det inte skulle hjälpa att skärpa lagen, men det skulle i alla fall kännas bättre om man som tjej hade stöd av den. När en våldtäktsman står inför rätta lägger man kanske fram att han har begått våldtäkt förut och har ett brottsregister, och det är ju relevant i sammanhanget. Men samtidigt lägger man fram att den våldtagna tjejen har klätt sig utmanande, druckit sig full på fester och har haft sex med killar förut. Det blir liksom HENNES brottsregister, som ska visa vilken omoralisk och opålitlig människa hon är. Men det hon har gjort är ju för fan inte BROTTSLIGT!

– Nej.

– Förklara för mig hur man kan misstänka en tjej för att komma med falska våldtäktsanklagelser mot en kille som hon knappt känner! Det skulle ju inte ett rån- eller

misshandelsoffer misstänkas för. Inte för delaktighet hel-
ler. "Du gav kanske fel signaler? Du var kanske inte till-
räckligt tydlig med att du ville behålla väskan? Du
kanske gick omkring med väskan på ett sätt som tydde
på att du ville bli av med den? Du kanske inbjöd till det
så att han blev lurad och inte kunde kontrollera sin lust
att ta ifrån dig väskan? Du kanske visade tecken på att
VILJA bli nerslagen och rånad? Du har kanske blivit rå-
nad och slagen förut, så att du inte hade så mycket emot
att det hände igen?" Ja, du fattar, va? Såna frågor får ju
inga andra brottsoffer än sexualbrottsoffer. Det var så
det blev för min syrra, att hon blev totalt ifrågasatt både
när hon polisanmälde och under rättegången. Var glad
att du inte har råkat ut för det i alla fall! Men nu ska jag
inte predika mer. Bernt var säkert bra på sitt sätt, men
du måste väl ändå hålla med om att han hade en ganska
rutten kvinnosyn?

– Ja, det hade han nog.

– Nu ser du så där konstig ut igen. Jag fördömer dig
inte för att du lät honom göra det, fattar du väl!

– Nej, men det var då jag upptäckte hur han var. Plus
att jag inte kände förtroende för honom.

– Ja, du kastade bort hela din ungdom på honom!

– Vad var det som gjorde att du tröttnade på Helmut
då?

– Först var jag som besatt. Jag var konstant kåt och
ville bara lägga upp mig hela tiden, vare sig han var där
eller inte. Bara tanken på honom fick mig att gå igång.
Jag kunde inte styra det och var som ett offer för mina

egna lustar, om du fattar. Det var skitjobbigt och super-
härligt på samma gång. Men ingen står ut med att ha
det så i längden, och efter ett tag lugnade det ner sig för
både honom och mig. För det hade ju varit likadant för
honom. Och då, när det har gått så långt att man börjar
svalna, är frågan om det finns tillräckligt kvar att bygga
vidare på. I början är man ju helt jävla blind och ser inga
negativa sidor alls hos varann. Men när man har flyttat
ihop och vardagen börjar, kommer alla olikheter och
svagheter sakta men säkert fram. Det var så det blev för
Helmut och mig. Jag upptäckte att vi inte passade ihop.
Det tog ett tag innan jag orkade erkänna det för mig
själv, för det kändes som ett stort nederlag efter allt jag
hade offrat för hans skull. Eller inte offrat kanske, men
lämnat. Jobb, bostad, vänner och familj… Hela mitt jäv-
la FOSTERLAND lämnade jag för hans skull! Men det
funkade helt enkelt inte, och till slut var jag tvungen att
ta konsekvenserna av det. Så här är jag nu, tillbaka som
om ingenting har hänt! Inte har jag väl lärt mig nånting
heller, som jag kan ha nytta av i framtiden. Jag kommer
väl att göra om samma jävla misstag igen, antar jag.
Men hur är det med dig och Göran då? Är ni fortfarande
kvar i passionsstadiet?

– Ja, det är vi nog.

– Det ska bli kul att få träffa honom. För det ska jag
väl få?

– Ja, det är klart.

– Funderar ni på att flytta ihop?

– Nej, det har vi inte pratat om än.

– Nej, jobbar ni ihop så träffas ni kanske tillräckligt
mycket ändå. Man behöver ju lite space för sig själv ock-
så. Annars kan man lätt tappa bort sig. Det är när man
är ensam som man kommer fram till vad man känner in-
nerst inne. Och man får inte kväva varann. Lyssna på
den erfarna relationsexperten nu! Men du klarar säkert
av det mycket bättre än jag har gjort.

– Nej, men nu ska jag läsa för dig hur man ska vara
för att klara av ett moget kärleksförhållande. Det står i
en bok som jag har, och som jag nyligen har läst. Vänta
ska du får höra. Här är den. Om jag bara hittar det... Jo,
här är det. Så här står det: "Att leva i gemenskap och
ändå förbli självtrogen." Då ska man vara så att man vet
vad man känner, tycker, tänker och vill... och man ska
tar ansvar för sina ord, löften och handlingar... och man
ska ha lämnat barnarollen bakom sig och inte ständigt
kräva skydd, omvårdnad och att bara få kärlek." Så står
det. Jag läste lite fel, men ungefär så står det. Förlåt att
det blev lite sluddrigt.

– Det är okej. Men för att det ska funka måste ju båda
vara lika mogna, och hur stor är chansen att det ska vara
så? Va? Problemet är ju att man aldrig hittar sin jäm-
like! Helmutti var i alla fall inte min jämlike.

– Helmutti? Kallade du honom så?

– Nej, det gör jag bara nu när jag pratar om honom.
Mutti, du vet. Han behövde en mamma. Han var inte så
mogen som jag trodde. Det var inte jag heller, men mer
än han i alla fall. När den jävla passionen hade gått över
och jag såg hur han var, kände jag mig överlägsen ho-

nom. Det är ingen bra känsla att ha i ett förhållande. Man vill ju att det ska kännas jämlikt.

– Ja, så blev det för mig med Bernt också, att jag började se ner på honom. Men hur länge var ni i den där passionen då? Vänta, jag såg att det stod nånting om det i boken.

– Ett halvår, ungefär Om jag hade väntat lite längre skulle jag aldrig ha följt med honom till Tyskland. För sen började sanningen komma fram. Har du hittat det?

– Ja, här är det. "Hur länge varar en passion?" står det. Enligt en underökning som har gjorts varar en passion i ungefär ett år. Efter cirka tre år var en procent av paren i undersökningen kapabla till passion, i trettiotre procent hade passionen övergått till ömhet, i femtio procent till likgiltighet, vana och slentrian och i sexton procent till negativa känslor som aggressivitet, äckel och hat.

– Ja, så jävla blind kan man alltså vara, så att det som börjar i extas och himlastormande lycka slutar i äckel och hat! Hoppas att du och Göran klarar det bättre än vi gjorde.

– Ja, det hoppas jag också. Men man blir ju lite rädd om det bara är trettio procents chans.

– Ja, jag fattar inte varför det aldrig håller för mig. Vad gör jag för fel? Kommer du ihåg när vi var ute och dansade? Då hade jag fortfarande hopp om att träffa den rätte. Det hoppet har jag nästan inte längre. Den ende rätte finns väl helt enkelt inte. Eller vad tror du? Är Göran den ende rätte för dig?

– Ja, det tror jag. Men det tror väl alla i början, så det kan ju ändra sig.

Petra har också känt sig besatt och som ett offer för sina lustar, så jag är inte ensam om det. Jag behöver inte känna mig onormal. Men jag berättade inte för henne att det är så jag känner. Jag berättade inte om våldtäkten heller. Men hon var väldigt observant och märkte att jag reagerade på vissa saker som hon sa. När hon nämnde Lucullus, och när hon pratade om våldtäktsoffer, såg hon i mitt ansikte att jag blev illa berörd. Men hon tolkade det fel, och jag rättade henne inte.

Det var roligt att träffa henne igen. Jag blir upplivad av hennes sätt att vara. Hon pratar mycket, men hon är nyfiken och intresserad av andra och inte som mamma, som bara tänker på sig själv och inte kan lyssna alls. Hon säger allt som faller henne in och bryr sig inte om vad andra ska tycka om det. Hon är mycket öppnare och modigare än jag.

Jag undrar vad Göran skulle tycka om henne. Jag ska fråga om han kommer ihåg henne från den gången när jag presenterade henne för honom.

Vad kommer jag att tycka om *hans* vänner då? Han har ett par kompisar som han brukar spela tennis med, men det är inga som han pratar om eller verkar angelägen om att jag ska träffa. Och vad kommer jag att tycka om hans föräldrar och bröder? Jag hoppas att det dröjer innan han får för sig att det är dags att presentera mig för sin familj.

Mamma gillade Bernt, och hon skulle säkert gilla Göran också, men vad skulle han tycka om henne? Jag vill inte låta henne träffa honom. Inte förrän jag har berättat hur hon är, och vad jag själv känner i alla fall.

Jag har inte sökt några kurser till hösten. Jag kan inte koncentrera mig på att plugga när jag känner så här. Det är kanske inte läsa vidare jag bör göra heller. Jag ska kanske gifta mig och få barn istället. Nej, det är jag inte mogen för än, men jag vill veta hur det kommer att bli med Göran och mig innan jag bestämmer vad jag ska göra längre fram. När passionen tar slut finns det kanske ingenting kvar. Tänk om det blir så för oss? Men jag var ju intresserad av honom redan innan passionen kom, och han var intresserad av mig, och det måste väl betyda att det finns mer?

Det är inte bra att tvivla. Det är ju det jag har bestämt mig för att inte göra. Och för det mesta är jag säker på att det kommer att hålla. Det Petra och jag pratade om, och som jag har läst i en bok, att det är bara drygt trettio procent av alla passionerade förhållanden som fortfarande är bra efter tre år, fick mig att bli lite osäker, men innerst inne tvivlar jag inte på hur det kommer att gå för oss. Det vi har är så djupt och starkt att det inte bara kan försvinna när passionen tar slut. Vi är överens om att det ska fortsätta. Så känns det i alla fall. Men tänk om jag har fel?

Vi har börjat få gemensamma vanor. Det är skönt att veta att han kan följa med hem till mig eller jag hem till honom efter jobbet. Det är skönt att veta att vi inte alltid måste skiljas när arbetsdagen är slut.

Jag har vant mig vid att vakna bredvid honom och stiga upp samtidigt som han. Jag har vant mig vid att höra honom duscha och tvätta sig och borsta tänderna i badrummet och att samsas med honom i köket och att sitta mitt emot honom vid frukostbordet.

Petra sa att man behöver vara ensam ibland för att inte tappa bort sig själv, och att Göran och jag kanske har större behov av det, eftersom vi träffas hela dagarna på jobbet också.

Men jag tycker att det ökar spänningen. Jag ser honom och hör honom, och ibland när han kommer nära känner jag hans doft, men jag får inte röra vid honom. Jag måste hålla mig på avstånd och låtsas som ingenting. Och han gör likadant. Vi fortsätter med det i bilen också, när vi är på väg hem, så att han ska kunna köra ordentligt och inte bli en trafikfara.

Om ett par år, när passionen har gått över, kommer vi kanske att tycka att vi träffas för mycket, men nu vill vi inte vara åtskilda alls.

Göran och jag är inte mycket för att prata om oss själva, så jag har hittat på en liten lek åt oss, så att vi åtminstone ska få ur oss det viktigaste. Man kan ju inte sitta och berätta sitt livs historia i ett enda svep. Det gör man bit för bit, och vissa saker utelämnar man och behåller för sig själv. Jag tror inte att det är rätt att vända ut och in på sig själv för en annan människa. Men det finns ju saker som man undrar över och vill veta.

En kväll när vi låg på hans säng sa jag:

"Nu blir det förhör!"

"Jaså, blir det det?" sa han och lät road.

"Ja, efter att ha klarat av våra värsta trauman är det dags för lite kalla fakta nu."

"Okej, jag är redo."

"Åh, det blir inte lätt att hålla sig till kalla fakta om du ska använda ord som får mig att bli..."

"...varm?" sa han och log.

"Ja, men det får vi återkomma till efter förhöret."

– Fullständigt namn.

– Göran Valdemar Zander.

– Valdemar?

– Ja, det har jag fått efter farfar.

– Ålder?

– Tjugonio.

– Vilka ämnen gillade du bäst i skolan?

– Gymnastik och matematik.

– Vad ville du bli när du blev stor?

– Det visste jag inte riktigt. Förlåt att jag avbryter, men vad arbetar dina föräldrar med?

– Mamma är hårfrisörska och pappa var yrkesmilitär. Ja, det är han väl fortfarande, antar jag, men jag vet inte, för vi har ingen kontakt. Har du gjort värnplikten eller var du...

– Frikallad eller vapenvägrare?

– Ja.

– Nej, jag har gjort lumpen.

– Hur tyckte du att det var i det militära?

– Inget vidare.

– Vad kommer du bäst ihåg från den tiden?

– Att man aldrig var ensam och att alla såg vad man gjorde hela tiden. Man var ihop med andra dygnet runt. Under övningarna, när man sov, när man vaknade, när man käkade, tvättade sig, duschade, gick på muggen... Det fanns inte ens några dörrar till duschbåsen eller toaletterna.

– Var det inte jobbigt att ha det så?

– Jo, men det var ju lika för alla och inte mycket att göra åt.

– Funderade du aldrig på att vapenvägra?

– Nej, jag ville se hur det var. Få den erfarenheten. Jag ryckte in utan några förutfattade meningar för att kunna bilda mig en egen uppfattning. Men redan från början insåg jag att mycket av det jag hade hört om det militära stämde. Det var en hård utbildning, både fysiskt och psykiskt, med påfrestande exercis och osympatiska befäl.

– Vad fick ni göra?

– Ja, vid flera tillfällen var det till exempel långa övningar utan sömn. Det hela gick ut på att under tre dygn försöka hålla sig vaken och samtidigt lösa olika uppgifter under hård fysisk ansträngning och med ständiga förflyttningar. Ligga ute i skogen under bar himmel i tjugo graders kyla utan eld. Fi kunde ju se oss om vi gjorde upp eld... En del fick hallucinationer av sömnbristen, och en del blev hemförlovade på grund av psykiska besvär av andra orsaker.

– Vad gjorde ni mer?

– Tja, en gång var det en vecka med sprängtjänst. En tuffing till befäl började med att säga: "Gomorron beväringsjävlar, gör ni några fel under den här veckan så lovar jag att skyffla upp resterna av er efteråt." Medan han visade hur man apterar en sprängpatron på en stubin berättade han att om man apterade fel så hade man inga fingrar kvar sen eller kunde till och med ha förlorat hela handen.

– Det låter inget vidare.

– Nej, det var det inte heller. Jag borde naturligtvis ha valt nånting som låg närmare mina intressen och min personlighet. Då hade det säkert gått betydligt bättre. Istället kom jag in i en grupp där jag var en outsider, en grupp där jag inte hörde hemma, och där folk störde sig på mig för att jag skilde mig från mängden. Att en person som jag, med siktet inställt på högskolestudier efter tjänstgöringen, hamnade i en grupp där det stora flertalet var praktiskt och tekniskt inriktade, gjorde att vi inte hade så mycket gemensamt. För mig blev det väldigt tydligt att jag inte passade in, och i det läget blir man naturligtvis lite extra utsatt.

– Hur då? Vad hände?

– Jo, en kväll… En kväll råkade jag somna på min säng, ovanpå dagtäcket med kläderna på, och det retade tydligen sergeanten som inspekterade logementet den kvällen, för när jag vaknade mitt i natten upptäckte jag att jag var fastbunden. Jag trevade i mörkret för att ta reda på hur jag satt fast, och efter en stund kände jag att ett antal remmar hade fästs i kanterna på sängen och spänts över kroppen på mig. Efter en del fumlande tog jag mig loss, steg upp och klädde av mig, kröp ner under filten och somnade om. Dagen därpå fick jag veta av killen som hade sängen bredvid mig att det var sergeanten som hade spänt fast mig medan jag sov.

– Vad löjligt att göra så.

– Mm. Jag menar inte att jag blev mobbad eller utfryst, för det där med remmarna var en engångshändelse, men min tjänstgöringstid blev inte särskilt posi-

tiv, och jag såg verkligen fram emot muck.

Det är tio år sen nu, men när han berättade hur han hade det i lumpen tyckte jag synd om honom. En gång blev han fastbunden i sängen av en taskig sergeant för att han hade somnat med kläderna på. En annan gång vid en morgonuppställning, när sergeanten tyckte att han hade rakat sig slarvigt, fick han frågan om han hade använt spegel när han rakade sig, och när han svarade att han hade gjort det, försökte sergeanten göra sig lustig på hans bekostnad genom att säga: "Se då för fan till att använda rakhyvel istället nästa gång!"

– Är det inte jobbigt att behöva hålla på och raka sig varje dag?

– Det blir en vana. Gillar du skägg?

– Nej, det gör jag inte. Skäggstubb gillar jag, men inte skägg och mustasch.

– Jaså, skäggstubb gillar du?

– Ja, det ser manligt och sexigt ut.

– Hm. Nu är det i alla fall inte jag som…

– Nej, förlåt. Hur gammal var du när du låg med en tjej första gången?

– Sexton.

– Hur gammal var hon?

– Femton.

– Hur många tjejer har du varit ihop med?

– Tre, förutom den nuvarande.

– Berätta om den första.

– Den första hette Linda, och henne träffade jag på en gask när jag var ute och roade mig på en nation en kväll.

– Vad är en gask?

– Det är en trerättersmiddag med klädkod, kan man säga. Man får inte var klädd hur som helst. Och så är det tal, sång och underhållning. Alla nationer har sina egna traditionella gasker.

– Var du väldigt engagerad i studentlivet?

– Ja, det får man nog säga att jag var. I den miljön kände jag mig betydligt mer hemma än jag hade gjort i lumpen.

– Vad fanns det att göra?

– Ja, för det första så kan man bli medlem i en eller flera kårer och nationer, och när man har skrivit in sig vid en nation, har man tillträde till alla. Allt på nationerna drivs av studenterna själva, för studenternas egen skull. Man kan jobba i baren, servera på stora middagar eller sitta i nämnder och utskott av olika slag. Och det finns massor med föreningar och organisationer att engagera sig i. Det kan vara körer, orkestrar, idrottsföreningar och underhållning som till exempel spex, som är en sorts amatörteater eller uppträdande med sång och musik. Det ordnas också massvis med olika typer av middagar. Allt från sexor, som är enklare middagar, till gasker och överdådiga baler. Den mest kända är vårbalen på slottet i samband med Valborgsmässofirandet. Då krävs det högtidsdräkt i form av frack och långklänning.

– Var du med på en vårbal?

– Ja, jag var där med Linda.

– Hur såg hon ut?

– På balen?

– Nej, bara ändå.

– Hon var liten och knubbig och hade mellanblont hår och glasögon.

– Vad var det som gjorde att du fastnade för henne?

– Hennes intellekt. Nej, jag vet inte riktigt. Men det fanns ingen större fysisk attraktion mellan oss i alla fall. Inte av den kalibern som jag har upplevt på senare tid, och som har...

– Nu är du inne på farliga vägar igen.

– Jaså, är jag?

– Ja, som förhörsledare måste jag se till att vara kall och objektiv och inte låta mig påverkas av saker som jag får höra.

– Och det lyckas du inte riktigt med?

– Nej, jag blir så...

– ...varm?

– Hm. Ja. Hur länge var du ihop med Linda?

– Några månader.

– Varför tog det slut?

– Ja, säg det. För att förutsättningarna var dåliga redan från början och för att den fysiska attraktionen saknades.

– Jaha.

– Men det gör den inte här, märker jag.

– Nej, nu måste jag nog... Nu måste vi... Förhöret avslutas härmed klockan tjugotvå och arton.

DEL SEX

När jag växte upp var det ingen som lyssnade på mig och brydde sig om hur jag kände mig. Det är för sent att rätta till det nu. Att Göran lyssnar får det inte att försvinna. Det skulle ha varit då, när jag var liten och behövde det, och inte nu, när jag är vuxen och klarar mig utan. Det skulle ha varit *mamma och pappa* som lyssnade, så att jag inte hade behövt känna mig så ensam och osynlig. Men jag visste inget annat och trodde att det var så det skulle vara. Om jag var ledsen ibland fick jag veta att det var fel. "Gnäll" och "självömkan" kallade pappa det, och det var det värsta han visste.

När jag tänker på att Göran ska ställa frågor till mig om min barndom, känner jag mig motsträvig, som att jag inte litar på att han är intresserad eller att det tråkar ut mig att prata om mig själv.

Är det sanningen, eller har jag bara vant mig vid att inte göra det så att jag inte kan känna att jag behöver det? Jag vet att Göran är intresserad av mig och vill veta hur jag har haft det, men för mig känns det inte viktigt.

Eller är jag rädd? Om jag försöker dra mig till minnes hur det var, blir jag kanske ledsen, och jag vill inte att han ska tycka synd om mig. Eller också börjar jag tycka synd om mig själv, och vad är det för mening med det? Om hela sorgen väller fram går det kanske inte att få stopp på den, och om han vill trösta mig kan jag kanske inte ta emot det. Det är skillnad på att ta emot tröst för en fysisk skada och för en psykisk. Att bli tröstad för att man har blivit utsatt för ett våldsbrott är lättare än att bli tröstad för att ingen har brytt sig om en.

Jag kommer ihåg att jag tänkte en gång om Göran och mig att sex kunde vi kanske ha, men inte kärlek. Det var det här jag menade då, fast jag inte fattade det. Jag har öppnat mig för honom fysiskt men inte psykiskt. Jo, lite öppen är jag, och det är det som gör att jag känner sorgen. Men jag släpper bara fram den för mig själv och i småportioner. Om han skulle få mig att öppna mig för den i hans närvaro skulle jag kanske drunkna och dö. Jag gråter bara jag tänker på det och vet att jag inte kommer att låta det hända.

Jag skulle inte ha hittat på den där förhörsleken som kan leda till att det blir så. Det enda jag kan hoppas på är att han ska ställa fel sorts frågor så att jag inte behöver öppna mig mer än jag vill.

Jag ställde fel sorts frågor till honom också. Men jag kan inte känna att jag vill veta hur han hade det när han var liten. Det spelar ingen roll hur vi hade

det när vi var små. Vi har blivit som vi är, och nu
är nu.

Jag är inte säker på att sorgen beror på min barn-
dom. Jag bara gissar och försöker få den att passa
in i olika sammanhang eftersom jag inte förstår vad
den kommer sig av. Jag är trött på det. Jag är trött
på att inte förstå.

Jag börjar gråta utan att veta varför. Jag snyftar
och kryper ihop och jämrar mig. Jag tänker på Gö-
ran och gråter ännu mer. När jag tar in att han äls-
kar mig, är jag tvungen att samtidigt ta in sorgen
över att ingen har gjort det förut. Nu när allt är bra,
blir det extra tydligt hur tomt och kallt mitt liv har
varit. Om jag ska berätta saker för honom, ska det i
alla fall inte handla om min trista gubbe till pappa
eller min självupptagna kärring till mamma. *Han
älskar mig och det gör inte ni, så ni kan dra åt helvete!*
En gång i tiden älskade och behövde jag både
mamma och pappa och hoppades att jag skulle få
kärlek tillbaka. Jag trodde länge att mamma bryd-
de sig om mig fast hon hade svårt att visa det. Jag
tänkte att om jag gav utrymme åt henne, skulle hon
ge utrymme åt mig. Men det gjorde hon inte. Det
har hon inte gjort. In i det sista har jag kämpat för
att få plats och finnas, men nu är det slut. Nu vet
jag sanningen och behöver inte anstränga mig mer.

Det är inte ofta Göran och jag dricker vin, men en kväll när vi gjorde det, satte jag mig över mitt motstånd och sa att han kunde få förhöra mig om han ville. Det blev ett litet avbrott mitt i, men sen fortsatte vi.

– Namn?

– Eva Susanne Holmkvist.

– Ålder?

– Tjugofyra.

– Yrke? Nej, det behöver du inte svara på. Jag vet inte, men det känns inte riktigt bra att fråga ut dig så här.

– Du behöver inte göra det om du inte vill.

– Jo, jag vill, men…

– Det är mitt fel att det inte känns bra.

– Är det?

– Ja, jag känner motstånd mot det, fast jag vill att du ska.

– Vad beror det på?

– Jag vet inte.

– Ska jag sluta då?

– Nej, det är inte rättvist.

– Det behöver det inte vara.

– Jo.

– Om jag frågar saker som du inte vill svara på kan du bara säga "pass" eller "ingen kommentar".

– Men jag tycker att jag borde kunna svara på allt, som du gjorde. Och det är ju jag som har hittat på att vi ska göra det här.

– Hålla förhör.

– Mm.

– Och jag är en skicklig förhörsledare, har jag fått veta.

– Ja, det är kanske därför jag är rädd.

– Rädd att jag ska locka ur dig alla dina hemligheter?

– Jag har inga hemligheter. Inga viktiga i alla fall.

– Vad är du rädd för då?

– Att jag ska bli ledsen. Jag är redan ledsen.

– Mm. Vad är du ledsen för?

– Jag blir ledsen av att du respekterar mig och lyssnar på mig och förstår mig. För att det är rätt, och för att ingen har gjort det förut.

Han uppfattade mitt motstånd och fick mig att börja prata om hur jag kände istället. Innan inhämtandet av "kalla fakta" ens hade kommit igång ordentligt började jag gråta. Han gör det som mamma och pappa borde ha gjort men inte gjorde. Han är intresserad och lyssnar och förstår. Han älskar mig. Ibland står jag nästan inte ut med det. Varför kan jag inte vara normal och bara ta emot det? Jag vill inte att han ska behöva ha besvär med mig. När det blir så, skäms jag och känner mig oduglig och dum. Jag vill att det ska vara enkelt och okomplicerat, som det är meningen att det ska vara. Det är ingen idé att jag försöker låtsas heller, för det märker han. Han märker när jag är stängd. Det är bara sanningen som duger.

– Nu kan du fortsätta att fråga.

   – Okej. Vad var du rädd för när du var liten?

   – Eld. Att det skulle börja brinna i huset där vi bodde.

   – Bodde ni på landet eller i stan?

   – I stan.

   – Hade du många lekkamrater?

   – Nej, nästan inga alls. Innan jag började skolan flyttade vi flera gånger på grund av pappas arbete, men sen hade jag en bästis i klassen.

   – Vilka skolämnen tyckte du bäst om?

   – Teckning, matte och svenska.

   – Vad ville du bli när du blev stor?

   – Journalist, som morfar.

   – Hur var du till sättet?

   – Med vuxna var jag tystlåten och blyg. Med min kompis var jag ganska dominant ibland. Hur var du?

   – Med vuxna var jag lillgammal, och i skolan var jag en torr liten plugghäst.

   – Torr?

   – Ja, man blev kallad det när man inte var intresserad

av tjejer. Hur hade du det med killar då?

– *När jag var tio var jag kär i en kille som hette Peter. Vi var ihop och pussades bakom bollplanket och så.*

– *Hur gammal var du första gången du låg med en kille?*

– *Sexton. Det var med Bernt, och nån annan har jag inte legat med förrän nu, med dig. Jag borde aldrig ha gjort det med honom.*

– *Varför inte?*

– *För att jag inte ville.*

– *Var du inte kär i honom?*

– *Nej, det var jag inte, men det fattade jag inte. Och jag kände ingen som helst fysisk dragning till honom. När han låg med mig kändes det bara tillkämpat och fel. Jag ville inte. Min kropp ville inte. Jag skulle inte ha låtit det hända.*

– *Varför var du ihop med honom då?*

– *För att slippa vara ensam, tror jag. Han var omtänksam och snäll, och det behövde jag. I gengäld fick han ligga med mig.*

– *Ni idkade byteshandel?*

– *Ja, det gjorde vi. Och nu vill jag att du… att det jag kände då ska… fördrivas.*

– *Fördrivas? Ja, okej, det ska vi väl kunna ordna…*

Det blev som det alltid blir, och jag kan höra Petras röst när hon sa: *Vi låg vakna på nätterna och pratade och knullade om vartannat.*

Men Göran och jag knullar inte. Jag kallar det

inte så. Jag kallar det inte att älska heller, för det får det att låta som att vi inte *alltid* älskar. Jag kallar det ingenting, och det gör inte han heller. Vi bara gör det, för att vi inte kan låta bli.

Efteråt fortsatte förhöret.

– Vad var det som hände mellan dig och Bernt efter våldtäkten? Du har antytt att han hade svårt att hantera det?

– Ja, han blev jättekonstig.

– Hur då?

– Han blev arg på mig.

– Arg? Blev han arg *på dig? Hur kunde han vara så kallsinnig?*

– Jag vet inte. Men jag visste redan när jag var på polisstationen att jag inte skulle kunna berätta det för honom.

– Varför kunde du inte det?

– Jag vet inte. Jag kände att han…

– En gång sa du att han var "likadan själv". Vad menade du med det?

– Hur kan du komma ihåg att jag sa det?

– Jag har bra minne. Men vad menade du?

– Det kändes som att han också skulle kunna våldta.

– Våldta dig?

– Ja, eller i alla fall få lust att göra det, om han kände sig avvisad och arg. Han brydde sig inte om hur det kändes för mig. Men det gjorde ju inte jag heller, eftersom jag lät honom ligga med mig fast jag inte ville.

– På vilket sätt blev han konstig?

– Han blev fientlig och hånfull och verkade tro att jag hade varit med på det.

– Varit med på att bli våldtagen?

– Ja. Och det tolkade jag som att han kopplade det till det jag lät honom *göra.*

– Vad lät du honom göra?

– Ligga med mig fast jag inte ville.

– Inget annat?

– Jo.

Jag vill inte ljuga för honom, och när han frågar av äkta intresse är det svårt för mig att inte svara, fast jag kanske anar vartåt det lutar. Han får mig att berätta mer än jag har tänkt, och jag vet inte om det är bra eller inte. Han frågade mig om Bernt, och jag hade svårt att få ur mig alltihop. Men varför ska jag känna mig medskyldig till det han gjorde? Varför ska jag skämmas för det? Varför ska jag skydda honom genom att hålla tyst om det?

Han tvingade mig inte. Jag lät honom göra det. Är jag inte medskyldig då? Jo, det tycker jag.

Petra ville kalla det våldtäkt, fast det inte är det enligt lagen. Men hur kan det vara det? Han tvingade mig inte och han skadade mig inte. Hur jag än anstränger mig kan jag inte få det till att jag var ett oskyldigt offer.

Det var inte lätt för mig att berätta det för Göran, men jag gjorde det, eftersom han frågade och jag inte kunde förmå mig att ljuga eller avvisa honom genom att vägra svara.

"Vad mer?" sa han.

"Jag lät honom stoppa in en gurka i mig."

Det blev alldeles tyst när jag hade sagt det. *Han förstår inte*, tänkte jag, *och det kan jag inte begära att han ska göra heller, när jag inte ens förstår det själv.* Jag visste inte hur jag skulle komma vidare när han bara teg. *Nu blir han satt på prov igen*, tänkte jag, *och det här kommer han inte att klara.* Jag trodde att han skulle ifrågasätta mig och tycka att det jag hade gjort var obegripligt och fördöma mig. Istället ställde han sig på min sida och fick mig att se det från ett annat håll. Han hjälpte mig att göra det begripligt.

– *Varför tror du att han ville göra en sån sak? Förklarade han det?*

– *Nej.*

– *Det berodde kanske på att han kände sig otillräcklig?*

– *Ja, och det var mitt fel.*

– *Hur kunde det vara ditt fel?*

– *För att jag låg med honom fast jag inte hade lust. Han måste ju har märkt det.*

– *Byteshandeln fungerade inte riktigt?*

– *Nej, och jag trodde att det var mig det var fel på och han trodde att det var han som inte dög, bara för att vi var ihop av fel orsaker.*

– *Mm. Hur kändes det för dig när han gjorde det?*

– *Fysiskt, menar du?*

– *Nej, inte fysiskt.*

– *Jag kände ingenting. Inte fysiskt heller, ifall han hade väntat sig det. Jag vet att jag blev förnedrad, men det kändes inte så. Jag tyckte kanske att han var i sin fulla rätt, eftersom jag inte var ärlig mot honom.*

– *Mm.*

– *Hur kan det komma sig att du alltid vet vad som är rätt sak att säga? Att du alltid ställer rätt sorts frågor så att jag inte kan låta bli att svara?*

– *Kan det bero på min excellenta förhörsteknik?*

– *Nej, det beror på att du förstår. Hur kan det komma sig att du alltid förstår?*

– *Det gör jag inte.*

– *Jo, det gör du. Du förstår allting, och så får du mig att förstå också, så att jag kan förklara för både dig och mig själv. Jag tycker att det är fantas... fan-tas-tiskt. Heter det så? Det låter så konstigt.*

– *Jo, så heter det.*

– *Ja. Och nu kommer jag knappt ihåg vad jag har sagt. Men det gör ingenting, för nu vet jag att du vet, och nästa gång är det min tur att förhöra, och då ska jag fråga dig om...*

– *...mina innersta hemligheter?*

– *Ja, det ska jag fråga dig om, men du behöver inte svara om du inte vill.*

När vi dricker vin blir jag lummig och börjar pladdra på en gång, men på Göran märks det nästan inte alls. Jag känner mig dum när jag förstår att han har bättre koll på mig än vad jag själv har, och att han verkar road av hur jag beter mig när jag är påverkad.

– Känner du inte av vinet alls? Är det bara jag som blir så här?

– Jo, lite känner jag. Men det är biologiska skillnader mellan kvinnor och män som gör att samma mängd alkohol ger olika etanolkoncentrationer i blodet. Kvinnokroppen innehåller en mindre mängd vatten än manskroppen, och det gör att alkoholkoncentrationen blir högre hos kvinnor. Kvinnor har också mindre mängd av enzymet som bryter ner alkohol i kroppen än vad män har.

– Ja, jag visste att det var en skillnad, men jag visste inte exakt vad den beror på. Hur kommer det sig att du vet det så bra?

– Det beror på att jag tog reda på det ordentligt en gång och fortfarande minns det.

– Varför tog du reda på det ordentligt?

– Därför att jag undrade varför mamma alltid blev så pinsam på fester när inte pappa blev det.

– Hur gammal var du då?

– Tolv, tretton år. Jag gick till biblioteket och slog upp det, och sen dess minns jag det.

– Drack din mamma ofta?

– Nej, det gjorde hon inte. Det var bara jag som hade en benägenhet att skämmas för henne när hon inte uppförde sig som hon brukade. När jag var i den åldern,

alltså.

– Hjälpte det att du fick veta vad det berodde på?

– Ja, det gjorde det, för då kunde jag tänka att hon inte rådde för det.

– Tänker du så om mig också, nu när du märker att jag blir mer påverkad än du?

– Jag tänker det inte direkt, men jag är ju medveten om att det är så det är.

– Hur mycket skulle du behöva dricka då, för att bli lika påverkad som jag av det här vinet?

– Det vet jag inte riktigt. Och det är ju inte så att jag inte känner av det.

– Var din mamma snäll?

– Ja, det var hon väl.

– Det var inte min. Är hon inte.

– Nej?

– Jag tänkte bara säga det så att du förstår varför du inte har fått träffa henne. Vill du träffa henne?

– Nej, det har jag inget behov av om inte du vill det.

– Nej, det vill jag inte.

– Är du arg på henne?

– Ja.

– Varför det?

– För att hon aldrig lyssnar.

Jag pratade om mamma, och när jag tänker på henne nu, väller en våg av ilska upp i mig. *Varför i helvete lyssnar du inte på mig, kärringjävel!* Men det värsta var inte att hon inte lyssnade, utan att hon pratade hela tiden så att jag inte fick plats med mina egna tankar. Hon *våldtog* och *invaderade* mig med sitt jävla prat! Hon kanske håller låda för att ingen lyssnade på *henne* när hon var liten, men det skiter jag i, för hon hade ingen rätt att göra som hon gjorde mot mig ändå! Hon skulle ha hållit käften och låtit mig vara!

Jag har inte berättat för Göran än hur svårt jag har haft det med henne. Hur ska han kunna förstå hur det känns att aldrig få utrymme för sig själv tillsammans med den man vill nå fram till och behöver? Jo, han skulle kanske förstå. Men jag skulle bara känna mig omogen och gnällig om jag började klaga på henne.

DEL SJU

Förut tänkte jag att när morfar dör, och jag inte får bo kvar i hans lägenhet längre, kan jag flytta till Göran istället. Men nu när jag äger lägenheten och föreställer mig att vi ska flytta ihop, är jag inte säker på att jag vill det. Jag vill känna mig fri och oberoende i förhållande till honom, så att han inte förlorar respekten för mig. Jag vill inte att spänningen som finns mellan oss ska försvinna, och det kanske den skulle göra om vi alltid var tillsammans.

Spänningen finns på jobbet också, där vi inte visar vad vi känner och inte kan göra allt vi vill. Jag njuter av att skjuta upp det och vara tvungen att vänta. När jag tänker så, känner jag att det är rätt och att det är så han också vill ha det.

Allt är bra nu, men sorgen har inte försvunnit. Jag har försökt känna efter, och jag har försökt gissa vad den kan bero på och varför det inte finns några ord till den, och nu börjar jag förstå att den kommer sig av att jag alltid har varit så ensam. Jag har inte förstått vilken känslomässig avskildhet och isolering jag levde i när jag var liten. Jag hade inte ens mig själv. Jag var tvungen att svika och överge mig själv för att klara mig.

Allt jag tänker på får mig att börja gråta. Allt känns så sorgligt. Jag ligger på sängen och blundar, och när jag öppnar ögonen väller tårarna fram och rinner ner för tinningarna och in i mina öron.

Vad var det Göran sa en gång? Att smärtan befriar bara man står ut med att känna den. Det var så han sa, och jag vet att det är sant. Men när ska den ta slut?

Ibland känner jag mig underlägsen honom. När han berättade hur det var på universitetet, till exempel, fattade jag hur oerfaren jag är i jämförelse med honom, och hur mycket mer jag behöver än han. Jag begär det inte, men jag får det ändå, och jag vet inte vad jag ska ge honom i gengäld.

Han sa att Bernt och jag bedrev byteshandel, men vad gör han och jag då? Jag är rädd att han ska tycka att jag är barnslig och omogen och inte har mer än min kropp att ge honom. Jag har visat barnsliga känslor för honom, men han har aldrig visat några barnsliga känslor för mig. Har han inga, eller behärskar han sig?

Göran var inte inne, och jag hade börjat laga middag. När jag tog ut en gurka ur kylskåpet och skulle skära upp den, blev jag plötsligt arg och slängde iväg den över golvet och började gråta. *Din dumma jävla skithög!* skrek jag tyst inom mig till Bernt. *Jag vill inte det här! Jag vill inte!*

Det var inte hela sanningen Göran och jag kom fram till när vi förstod vad Bernt höll på med. Resten av sanningen är att jag inte ville ha den jävla gurkan inkörd i mig! Han hade ingen rätt att göra så mot mig hur mycket byteshandel vi än bedrev! Petra hade rätt när hon kallade det våldtäkt. Hur kunde jag vara så knäpp att jag inte kände vad det han gjorde innebar? Det spelade ingen roll att jag var passiv och lät det ske! Det var lika fel ändå!

Jag behöver inte berätta det för Göran. Det jag tänkte att jag skrek till Bernt var mellan honom och mig. Det räcker med att jag vet det själv. Och det jag kände att jag skrek till mamma var mellan henne och mig. Göran behöver inte veta exakt hur det går till när jag frigör mig och inser sanningen. Han behöver bara känna att jag blir starkare och friare vartefter. Och det vet jag att han känner. Varje gång det händer märker han det, och varje gång är han där och tar emot mig.

Jag är tacksam över att han väntar på mig, men det känns inte rätt att han ska behöva göra det bara för att jag är så efterbliven. Jag vill inte att han ska vara som en förälder som följer och inväntar sitt barns utveckling och mognad, och jag vill inte vara som ett barn. Jag vill att vi ska vara vuxna båda två och jämbördiga.

När han kom hem och öppnade kylskåpsdörren, märkte han att en del av gurkan var borta.

"Vart har resten av gurkan tagit vägen då?" sa han.

"Den slängde jag i golvet så att den dog", sa jag.

"Bra", sa han, och jag visste, utan att han behövde förklara det, att han förstod vad det betydde.

Göran och jag har fortsatt med förhörsleken, och
jag har berättat för honom hur jag hade det i tonå-
ren. Att jag var den tysta och duktiga flickan som
fick bra betyg, och att jag gick mycket för mig själv
och inte hade så många kompisar. I högstadiet
hade jag en bästa vän som jag umgicks med både i
skolan och på fritiden. Vi fikade och gick på bio och
satt barnvakt ibland. När jag var ensam läste jag,
ritade, målade och lyssnade på musik.

Och Göran har berättat för mig om Anna och
Therese. Det var han som gjorde slut med Anna,
och Therese som gjorde slut med honom. Om Anna
sa han att hon var "obalanserad och labil", och om
Therese sa han att deras förhållande tog slut på
grund av "kort men varaktig söndring". När jag
frågade på vilket sätt Anna var obalanserad sa han:
"Det spelar ingen roll längre." Men jag ville veta
och försökte få honom att fortsätta.

– Vill du inte prata om henne?
– Jag vet inte.

– Kunde hon inte ta att du gjorde slut?

– Nej, just det. Hur visste du det?

– Nej, jag gissade bara. Vad gjorde hon?

– Ja, det var det som var så… tråkigt.

– Vad var det som hände?

– Hon… Jag blev förvånad när hon reagerade så starkt, för jag hade trott att hon kände ungefär detsamma som jag, att vi inte hade så mycket gemensamt och att det var på väg att ta slut.

– Men så var det inte?

– Jo, objektivt sett var det så, men det kunde hon tydligen inte acceptera. Eller om hon inte upplevde det så. Jag vet inte.

– Hur reagerade hon?

– Hon blev hysterisk och sa att hon inte kunde leva utan mig. Jag hade inte haft en aning om att det var så hon kände, och det säger ju en del om hur illa det var…

– Hur länge hade ni varit ihop?

– Fem månader.

– Hotade hon med att ta livet av sig?

– Nej, inte direkt. Först tiggde och bad hon att vi skulle fortsätta, och sen sa hon att jag skulle få ångra om jag lämnade henne, och det var kanske det hon menade då, men jag vet inte.

– Hur kändes det för dig när hon reagerade så?

– Jag hade svårt att fatta det, för hon hade inte verkat särskilt engagerad hon heller mot slutet.

– Det var kanske bara avvisad hon inte stod ut med att bli?

– Ja, så kan det ha varit, för sen… Nej, det är lika bra att jag visar dig. Det här var ju medan jag pluggade, och jag hade börjat köra taxi på kvällar och nätter för att tjäna lite extra, och det var det som fick betydelse i sammanhanget.

Han gick och hämtade en pärm och letade fram några papper i den som han tog loss och lät mig läsa. Det var en tingsrättsdom. Jag blev gråtfärdig när jag läste den, för jag förstod på en gång att det som stod där inte var sant. Anklagelserna som hade lett till rättegång var falska. *Ingen får göra så här mot honom!* tänkte jag. *Det är inte han som har gjort det här!*

Göran Zander har i samband med att han kört taxi ofredat Pernilla Hägg och Carina Sundgren på ett sätt som kunde förväntas kränka Pernilla Häggs och Carina Sundgrens sexuella integritet, genom att ställa frågor med sexuell innebörd såsom hur ofta de onanerar, hur de brukar göra när de onanerar, om de har några sexleksaker, vilken sexställning de tycker bäst om, om de vill ligga med honom och liknande. Detta hände den 17 maj 1987 under en taxifärd mellan Västra Ågatan 14, Uppsala och Brunna, Uppsala kommun.
Göran Zander begick gärningen med uppsåt.
Lagrum: 6 kap 10 § 2 st brottsbalken.

Pernilla Hägg har begärt att Göran Zander ska betala

skadestånd till henne med 4 000 kr jämte ränta från dagen för brottet till dess full betalning sker. Beloppet avser kränkning.

Carina Sundgren har begärt att Göran Zander ska betala skadestånd till henne med 7 000 kr jämte ränta från dagen för brottet till dess full betalning sker. Beloppet avser kränkning.

Göran Zander har förnekat brott och motsatt sig att betala något skadestånd till Carina Sundgren och Pernilla Hägg.

UTREDNINGEN
Förhör har hållits med Pernilla Hägg, Carina Sundgren och Göran Zander. Därutöver har åklagaren åberopat bevisning i form av information från Uppsala Taxi samt underlag från fotokonfrontation. De hörda personerna har uppgett i huvudsak följande.

Pernilla Hägg
Hon hade den aktuella kvällen varit på en pub. Strax efter klockan ett på natten gick hon ut från puben för att ta en taxi hem tillsammans med sin vän Carina Sundgren. De hoppade in i en taxi och åkte mot Brunna där de båda bor. Hon satt i taxins baksäte och Carina Sundgren satt i framsätet bredvid chauffören. Chauffören frågade dem var deras pojkvänner var. Chauffören ställde sedan många frågor med sexuell innebörd, exempelvis

hur ofta de onanerar, hur de brukar göra när de onanerar och om de har några sexleksaker. Hon försökte leda in samtalet på något annat. Taxifärden tog cirka tjugo minuter. Hon klev ur taxin hemma hos sig medan Carina Sundgren åkte vidare hem till sig. Hon känner igen Göran Zander i rättssalen och är helt säker på att det är han som är gärningsmannen.

Carina Sundgren

Hon och hennes vän Pernilla Hägg tog den aktuella kvällen en taxi för att åka hem från en pub. Klockan var ungefär ett på natten. Chauffören började ställa otäcka frågor, till exempel om hon hade en dildo, om hon brukade använda den och om hon brukade onanera. Frågorna var riktade mot både henne och Pernilla Hägg. Stämningen var stel. Hon var rädd och skrattade bort det mesta. Efter cirka tjugo minuters färd stannade taxin utanför Pernilla Häggs bostad och Pernilla Hägg klev ur taxin. Hon själv klev inte ur taxin tillsammans med Pernilla Hägg eftersom hon bor en bit bort och eftersom hon inte trodde att någonting mer skulle hända. Chaufförens uttalanden blev mer intensiva när Pernilla Hägg lämnat taxin. Chauffören sa att han ville följa med henne hem men hon sa nej. Hon ville inte att chauffören skulle få reda på var hon bor så hon uppgav en adress lite längre bort. När taxin stannade på den adressen sa chauffören att han ville följa med henne in och att det inte var något problem för honom att hon hade pojkvän.

Göran Zander

Han vidgår att Pernilla Hägg och Carina Sundgren har åkt i hans taxi den aktuella kvällen, eftersom det framkommit av den skriftliga bevisningen. Han tar ofta upp kunder vid den plats där målsägandena uppgett att de klivit in i hans taxi. Han minns dock inte den aktuella körningen och har inget minne av Pernilla Hägg och Carina Sundgren. Han har aldrig uttalat sig på det sätt som målsägandena påstår.

DOMSKÄL

För fällande dom i brottmål krävs att domstolen genom den utredning som har lagts fram finner det ställt utom rimligt tvivel att den tilltalade har gjort sig skyldig till det som åklagaren påstår. En trovärdig utsaga från målsäganden kan, i förening med vad som i övrigt har framkommit i målet, vara tillräckligt för en fällande dom. Tingsrätten konstaterar inledningsvis att målsägandena Pernilla Hägg och Carina Sundgren på ett samstämmigt sätt har redogjort för vad som hänt i taxibilen den aktuella kvällen och för vad Göran Zander sagt under taxifärden. Deras berättelse innehåller dock vissa omständigheter som ger anledning att ifrågasätta dess trovärdighet och tillförlitlighet. En sådan omständighet är att Carina Sundgren trots att hon uppgett att hon kände sig rädd inte lämnade taxin samtidigt som Pernilla Hägg utan fortsatte ensam tillsammans med Göran Zander. Detta ger tingsrätten anledning att ifrågasätta om, för det fall Göran Zander har ställt frågor med sexuell in-

riktning, dessa frågor varit ägnade att väcka obehag eller på annat sätt ofredat målsägandena på det sätt som krävs för att frågorna ska bedömas som sexuellt ofredande. Göran Zander har uppgett att han inte minns den aktuella körningen men att han aldrig skulle uttala sig på det sätt som påstås av åklagaren. Vid en sammantagen bedömning av den utredning som lagts fram bedömer tingsrätten att det finns ett rimligt tvivel om Göran Zander verkligen gjort sig skyldig till brottet sexuellt ofredande. Åtalet ska därför ogillas.

Eftersom Göran Zander inte döms för brottet ska han inte heller betala skadestånd till målsägandena.

Skiljaktig mening
F.d. lagmannen Erik Westergren och nämndemannen Eivor Johansson är skiljaktiga och har uppgett följande.

Göran Zander ska dömas för sexuellt ofredande. Skälen för det är följande.

Pernilla Häggs och Carina Sundgrens berättelser är trovärdiga och tillförlitliga. De har på ett samstämmigt sätt berättat om hur de från Göran Zander fått många frågor med sexuell inriktning, på ett sätt som väckt obehag hos dem. Det finns ingen anledning att ifrågasätta deras berättelser och det har inte framkommit något skäl till att Pernilla Hägg och Carina Sundgren skulle vilja anklaga Göran Zander för någonting som han inte gjort. Vad

Göran Zander har berättat förtar inte värdet av Pernilla Häggs och Carina Sundgrens berättelser, då han inte kunnat redogöra för vad som utspelade sig i taxin. Det får sammantaget anses vara ställt utom rimligt tvivel att Göran Zander uttalat sig på de sätt som åklagaren påstått. Uttalandena har haft en tydlig sexuell inriktning och det är tydligt att uttalandena varit ägnade att kränka Pernilla Häggs och Carina Sundgrens sexuella integritet samt att de har väckt obehag hos dem. Pernilla Hägg och Carina Sundgren har befunnit sig i en trängd situation då de mitt i natten färdats i en taxibil som Göran Zander har kört. Carina Sundgren måste ha känt sig särskilt trängd när hon efter att Pernilla Hägg lämnat taxin var ensam med Göran Zander som fortsatte att sexuellt ofreda henne. På grund av det anförda är det med tillräcklig styrka bevisat att Göran Zander sexuellt ofredat Pernilla Hägg och Carina Sundgren på det sätt som åklagaren påstått. Göran Zander ska därför dömas för sexuellt ofredande. Påföljden ska bestämmas till dagsböter.

När han pluggade körde han taxi ibland, och två kvinnliga passagerare, som hade åkt med honom vid samma tillfälle, hade polisanmält honom för sexuellt ofredande. Det var helt absurt. Men jag fattade inte vad det hade med Anna att göra. När det hände förstod inte han heller varför två för honom helt okända tjejer ljög och polisanmälde honom. Det var inte förrän långt senare tanken slog honom att det kunde vara Anna som låg bakom. Det visade sig nämligen att hon var bekant med den ena tjejen, och att den tjejen, som hette Carina, var skyldig henne en massa pengar och skulle slippa betala om hon gjorde Anna en tjänst istället. Han fick veta det när han sökte upp hennes kompis, som berättade att Anna hade lejt Carina för att hämnas på honom och att Carina hade tagit med sig henne för att slippa göra det ensam. Anna hade sagt till Carina att Göran hade våldtagit henne men att hon inte kunde bevisa det och att det var därför hon ville hämnas.

– Ställde du Anna mot väggen sen?

– Nej, hon var inte kvar vid universitetet då längre, och jag orkade inte leta efter henne. Ville väl inte heller.

– Vad kände du när du fick veta sanningen?

– Att det var jävligt taskigt gjort av henne, och att jag var glad att jag hade blivit frikänd. Det var ju inte alla i rätten som ansåg att jag skulle bli det.

– Men det var ju inte ditt fel att det inte höll med Anna. Och jag tänker på att det inte var ditt fel att du och Jenny blev påkörda heller. Men båda gångerna slapp den skyldige undan.

– Ja, så är det.

– Vad tänker du om det?

– Om jag tycker att jag borde ha varit mer ihärdig för att rättvisa skulle skipas?

– Nej, det var väl ingen idé.

– Nej, jag tyckte inte det. Eller skulle jag kanske ha tänkt att jag var förutbestämd att drabbas av elände?

– Nej, tänkte du det?

– Nej, inte direkt. Jag kanske gjorde det just då, när Jenny hade dött, men jag fattar ju att det bara var en slump.

– Mm. Träffade du aldrig Anna mer sen?

– Nej, det gjorde jag inte.

– Hon måste ha varit sjuk på nåt sätt som kunde göra så där mot dig.

– Ja, det var hon nog.

– Det var så orättvist! Du skulle ju aldrig hålla på som dom där tjejerna påstod att du gjorde! Du som är så… korrekt.

Jag började gråta av medkänsla med honom och för att alltihop var så orättvist. Det vällde bara upp i mig, och jag kunde inte hejda det.

– Förlåt, jag menade inte att göra dig ledsen.

– Nej, bry dig inte om det. Hade du börjat hos Egon när rättegången var?

– Nej, den var på våren, nästan ett år efteråt, och jag började inte jobba förrän på hösten.

– Var det några av dina bekanta som tvivlade på att du var oskyldig?

– Jag vet inte. Det var inte så många som fick veta att det hade hänt. Jag gjorde som du, att jag höll ganska tyst om det.

– Varför gjorde du det?

– Ja, varför… För att jag inte kunde förklara det, tror jag. Jag kopplade ju inte alls ihop det med Anna från början. Det var helt obegripligt innan jag visste hur det hängde ihop. Varför skulle två okända tjejer vilja sätta dit mig så där, helt utan anledning, skulle ju alla ha tänkt och kanske tvivlat på att jag var oskyldig.

– Vad tänkte du själv om det?

– Jag grubblade rätt mycket på det, och det enda jag kom fram till var att jag måste ha blivit hopblandad med en annan chaufför och en annan taxiresa vid ett annat tillfälle. Det dröjde ju innan vi blev förhörda av polisen, och själv hade jag inget tydligt minne av den där körningen.

– Kom du inte ihåg några tjejer alls?

– Jo, svagt. Men det sa jag varken till polisen eller vid rättegången.

– Varför inte?

– Jag hade ett svagt minne av att jag hade kört ett par tjejer som satt och pratade en massa om sex och försökte chockera och provocera mig, men om jag nämnde det, skulle det kanske bara verka som att jag försökte skylla ifrån mig, tänkte jag.

– Mm.

– Och jag kom inte ihåg om det var just dom tjejerna jag hade kört ut till Brunna, eller om det var några andra. Jag mindes inga exakta ord heller, eftersom jag hade som vana att aldrig lyssna på fyllsnack.

– Dom var fulla alltså?

– Ja, och det nämnde jag inte heller för polisen.

– Är det straffbart att ljuga för polisen?

– Nej, det är man i sin fulla rätt att göra. Tiga, utelämna eller ljuga.

– Jaså, det visste jag inte.

– Jo, så är det. Vad handlade det om för dig?

Han undanhöll också saker för polisen. Han gjorde som jag. Och han kom ihåg att jag sa en gång att jag ljög för polisen efter våldtäkten. Han frågade vad det var, och då berättade jag det för honom. Det var inte alls svårt nu när han vet så mycket annat om mig och jag har fått veta att han har gjort nästan likadant själv.

Att Göran berättade för mig om Anna, och vad hon utsatte honom för, har fått det att kännas mer jämlikt mellan oss. Och jag blev glad mitt i allt det sorgliga när det visade sig att han hade tänkt precis som jag, att han inte ville berätta allt för polisen för att inte krångla till det och kanske göra det sämre för sig själv.

Det värker i mig när jag ser honom framför mig sitta där i rättssalen och bli utpekad och anklagad för saker som han inte har gjort. Han var bara tjugotre år då. Han var lika gammal som jag var när jag var tvungen att delta i rättegången om våldtäkterna.

Göran är inte här och jag ligger i sängen och tänker på honom. Min hals nedanför öronen känns naken och tom. Det är där hans ansikte ska vara. Det är där jag ska känna hans mun och andedräkt och raspiga haka mot min hud. Min hud och mina bröst längtar efter hans beröring. Mina armar längtar efter att få hålla om honom.

När han är inne i mig känner jag mig beskyddad. Det känns varmt och tryggt och... *gemensamt*. Jag vill känna honom så nära mig som det bara går. Det är som att jag inte kan få nog av honom. Jag kan inte få honom tillräckligt nära mig och inte tillräckligt djupt in i mig.

Hur kan det kännas så naturligt och självklart med honom, som att det inte finns några hinder alls? Han ger mig ingen känsla av intrång eller *bemäktigande*. Han känns inte främmande och annorlunda utan välbekant och nära, som en del av mig själv.

Jag tänker på hur det har varit, och kommer att bli många gånger till, och jag kan nästan inte tro att det händer och att det är jag som får uppleva det.

Jag öppnar skåpet och tar fram kaffeburken. När jag vänder mig om står han tätt bakom mig. Han tar burken ur min hand och ställer den på bänken utan att titta på den. Han tittar bara på mig.

Han tar mig i sin famn och håller mig tätt intill sig. Jag lutar huvudet mot hans axel och lägger armarna om hans midja och bara står där och känner hans varma kropp mot min.

Han tar mitt huvud mellan sina händer och kysser mig ömt och försiktigt på munnen och ögonlocken.

Han ser på mig hela tiden medan han lossar på byxknappen och drar upp skjortan ur jeansen. Min kropp gör sig redo, och jag kan nästan inte andas. Så kommer han fram till mig och omfamnar mig så mjukt och upphetsande att jag blir alldeles matt.

Han drar upp mig ovanpå sig. Jag står på knä över honom, och hans händer på mina höfter trycker ner mig. Jag lutar mig över hans ansikte, och han drar försiktigt med sina läppar över mina bröst. I nästa ögonblick stönar han och vänder mig i en enda svepande rörelse ner på rygg.

Hans armar hårdnar och han ser på mig med stadig

blick, så att jag förstår att han verkligen vill ha mig och att det är just mig, och bara mig, han vill ha.

Han reser sig på knä och tar stöd med händerna vid mina axlar. Jag särar på benen och tar emot honom, och han tränger in i mig och är inne i det tysta, varma mörkret där jag vet att det är meningen att han ska vara. Jag känner närheten och värmen och den tysta samhörigheten som inte har några ord. Jag njuter av att ha honom i mig och vill att han ska vara där för alltid.

Han sover, och jag ligger omsluten av hans armar och känner honom med hela kroppen. Jag känner hans bröstkorg och hårda mage och ben. När jag flyttar lite på mig makar han sig efter mig i sömnen och håller mig ännu hårdare intill sig.

Göran har berättat för sina föräldrar och bröder om mig. Jag vet inte vad han har sagt, men alla i hans familj vet om mig nu. Görans två bästa kompisar, som jag inte har träffat än, vet det också. Och vi har talat om för Egon och Viola att vi är ihop. Det hade Viola förstått för länge sen, sa hon. Hur Egon tog det vet jag inte, för han kommenterade det inte.

Det känns lite hotfullt att det inte är bara Göran och jag längre, som om andra kan komma och lägga sig i och kanske förstöra. Men det är bara mamma som skulle kunna förstöra, och henne tänker jag inte berätta det för.

Om Göran och jag ska flytta ihop kan vi sälja våra lägenheter och köpa en ny tillsammans. Så långt tänkte jag inte förut.

Men varför måste vi bo ihop? Jag vill inte att vi ska dela allt. Jag vill inte att han ska bli för välbekant för mig, så att jag kanske tröttnar på honom. Och vi ska inte ha fler förhör. Jag vill inte veta allt om honom, och jag vill inte att han ska veta allt om mig. Varje gång vi har pratat mycket, känner jag mig tom och vill dra mig undan efteråt. Jag behöver vara skild från honom för att få tillbaka min längtan efter honom, och hur ska jag kunna det om vi bor ihop?

Varför försvinner min längtan ibland när den för det mesta är så stark?

Han har inte föreslagit att vi ska flytta ihop, men vad skulle jag säga om han förde det på tal? Skulle han förstå varför jag inte vill om jag förklarade?

Eller är det fel att säga nej? Är jag bara rädd? Men varför är jag rädd? Att flytta ihop skulle ju inte bli så stor skillnad mot hur vi redan har det. Varför tror jag att det skulle bli sämre om vi hade bara en lägenhet?

Jag blir ledsen när jag tänker på det. Jag vill ju ha honom och vara med honom och älska honom! Om han frågar måste jag säga ja, för det är det som är det rätta och det som är sanningen.

Så fort jag blir rädd börjar jag tvivla, och så fort jag börjar tvivla tappar jag bort mig själv. Det har jag gjort många gånger, och jag vill inte att det ska bli så mer.

Mamma ska aldrig få träffa honom. *Han älskar mig, och det gör inte du! Du ska aldrig få träffa honom! När vi flyttar ihop ska du inte få veta var vi bor! När vi gifter oss ska du inte få komma på bröllopet! Jag älskar honom och han älskar mig och det ska du aldrig få veta!*

Jag fattar inte. Vad har mamma med det här att göra? Är det hennes fel att jag blir rädd och tvivlar?

Ja, det är hon som har gjort mig svag och osäker. Hon måste bort. Hon ska inte få förstöra för oss. Nästa gång hon ringer kommer jag att lägga på så fort jag hör att det är hon. Jag tänker inte lyssna på henne eller prata med henne mer. Det finns inget annat sätt. Jag är inte tillräckligt stark för att klara av att umgås med henne utan att bli påverkad av hur hon är och vad hon gör. Jag måste hålla mig utom räckhåll för henne så att hon inte får grepp om mig igen.

Om jag föreställer mig att mamma och Göran träffades, så vet jag att han skulle klara av henne och inte låta sig utnyttjas. Han skulle vara artig och korrekt, som han är mot kunderna på jobbet, och han skulle inte anstränga sig att lyssna på henne om han inte var intresserad av det hon hade att säga. Hon skulle märka på en gång att han inte lät sig styras, och hur snygg och trevlig hon än tyckte att han var, skulle hon tappa intresset för honom. Först skulle hon kanske bli insmickrande och försöka snärja honom på det sättet, men när inte det heller lyckades skulle hon ge upp och avfärda honom.

Men hon kommer aldrig att få träffa honom. Det har hon inte gjort sig förtjänt av. Jag ska berätta för honom hur jag har haft det med henne och vad jag känner nu, och sen vill jag inte ha mer med henne att göra.

Göran har också haft problem med sina föräldrar, och det har han berättat om för mig. Han kan redan, och gör redan, det jag har lärt mig efter våldtäkten. Han förstår att man måste göra sig fri från det förflutna för att stärka sig själv så att man kan leva sitt liv som man själv vill.

Han märkte att jag förstod vad han pratade om, och att jag håller med om att det är så man måste göra. Vi kändes jämlika, och det har vi inte alltid gjort. Det är inte hans fel. Han har aldrig satt upp några hinder för mig att nå honom. Det är hos mig hindren har funnits, när jag har blivit rädd och tvivlat. Men jag har börjat lära mig hur jag ska tänka och göra när jag märker att det händer, så att jag kan ta mig förbi det. Jag vill inte att han ska behöva bli besviken på mig, när jag aldrig har behövt bli besviken på honom.

Jag har varit rädd för att själslig närhet skulle minska behovet av kroppslig närhet, men så är det inte vet jag nu. Lusten försvinner bara när jag slutar lyssna på mig själv och förnekar sanningen.

– Ja, nu vet du varför jag inte vill träffa henne.

   – Mm.

   – Hade inte du några problem alls med dina föräldrar?

   – Jodå. Jag kände mig till exempel ofta väldigt orättvist behandlad i förhållande till mina bröder.

   – På vilket sätt då?

   – Båda är ju äldre än jag, och när jag ville vara med och leka och inte fick det, sa mamma att jag kunde leka med Jenny istället, vilket i praktiken innebar att jag måste ta hand om henne, och det hade jag ju ingen lust med. Och när mina bröder skyllde ifrån sig på mig för

olika förseelser, fick jag aldrig hjälp med av mamma eller pappa att få fram sanningen, utan alltihop bara avfärdades som att det var totalt oviktigt vem som hade gjort vad. Men det tyckte ju inte jag, som fick skulden för saker som jag inte hade gjort. Ensam med mamma eller pappa i andra sammanhang blev jag nog lyssnad på, men aldrig när det gällde så kallade syskonbråk, som både mamma och pappa vägrade lägga sig i och hjälpa till med att reda ut.

– Hur reagerade du på det?

– Jag försökte väl protestera, men när det inte hjälpte lärde jag mig att hålla inne med det och lät ilskan och frustrationen gå ut över annat och andra istället. Över Jenny, till exempel, fast hon var så liten, och det fick jag naturligtvis skuldkänslor för.

– Mm.

– När jag blev äldre och det fungerade bättre med mina bröder glömde jag i stort sett bort alltihop. Men jag reagerade alltid väldigt starkt på orättvisor i olika sammanhang. Det var inte förrän jag blev polisanmäld den där gången som jag började fundera lite närmare över det, för då tyckte jag själv att jag överreagerade. Jag blev faktiskt helt knäckt. Och en dag, när känslan var som starkast, kom jag att tänka på hur det var när jag var liten och fick ur mig lite av ilskan, maktlösheten och sorgen som jag höll inne med då.

– Mm.

– Det var en stor lättnad att känna det och förstå hur det hängde ihop. Samtidigt förstod jag mina tidigare överdrivna reaktioner på andra orättvisor som jag tyckte att jag hade drabbats av. Så nu försöker jag vara uppmärksam på mig själv när jag reagerar starkare än vad jag tycker är befogat. Jag frågar mig själv om det kan vara en känsla från barndomen som har väckts. Och så visar det sig ofta vara. Mycket av det jag kände efter Jennys död var också minnen från barndomen.

– Mm.

– I början skämdes jag över att jag ägnade så mycket tid åt mig själv. Jag kände mig självupptagen och egoistisk. Men nu förstår jag att det är min skyldighet mot mig själv, och mot andra också, att ta reda på hur saker och ting hänger ihop. Utan självkännedom blir det bara missförstånd och krångel.

– Ja, det blir det.

– Vet du om att det är i stort sett tabu att prata om det här?

– Men det är ju sant. Det är ju sanningen.

– Då är det sanningen som är tabu då.

– Vad har hänt när du har försökt?

– Att jag har stött på stängda dörrar och blivit kallad flummig och navelskådare och besserwisser.

– För att du har berättat hur du gör?

– Ja.

– Vilka har gjort så?

– Mina bröder bland andra.

– Har du velat hjälpa dom?

– Ja, men det var bara dumt. Till slut insåg jag att jag ville det mest för min egen skull, för att jag äntligen *skulle få vara tillsammans med dom och känna närhet och kontakt. Det jag önskade och behövde när jag var liten, alltså. Men det klarar jag mig ju utan nu.*

– Mm.

– Nu inser jag att jag inte kan göra ett dugg för att få fart på deras personliga utveckling och att det inte är min sak att ta ansvar för det heller.

– Nej, det är så jag tänker om mamma också. Jag förstår att hon behöver hjälp, men om hon inte vill hjälpa sig själv så går det inte. Men utan sanningen kommer man ju ingen vart.

– Nej, det gör man inte.

– Utan sanningen skulle vi inte ligga här nu.

– Nej, det skulle vi inte. Och jag skulle inte kunna göra… så här.

Han lägger sig ovanpå mig och kysser mig. Efter en stund kommer han in i mig, och han är där helt och fullt. Ända innerst inne i det varma, våta mörkret är han, och jag är fylld av honom till kropp och själ.

DEL ÅTTA

Förra året, före jul, när jag var sjuk och jag för första gången upplevde alla känslor jag hade under våldtäkten, trodde jag att jag skulle känna mig starkare sen. Och det gjorde jag. Det gör jag. Men nu är det som att jag måste vara medveten hela tiden och inte får fly iväg alls. Det är som om ingenting annat än sanningen duger.

Jag var inte rädd när det hände, och jag var inte rädd efteråt, men nu känner jag mig rädd ibland. Jag känner mig oskyddad och sårbar. Det är bara när Göran ligger ovanpå mig eller bakom mig och är inne i mig som jag är riktigt trygg, för då kan ingen annan komma och ta mig. Jag vet att det är fånigt, men det är så jag upplever det. Jag som förut tyckte att det var skönt att bo ensam och ville hålla honom på lite avstånd, vill inte alls ha det så längre. Nu vill jag se, höra och vara nära honom hela tiden.

Och alla mina känslor för honom måste jag orka med och får inte skjuta undan. Det är ansträngande. Det är lättare att vara stängd och inte känna så mycket. Men det är inte rätt.

Han hjälper mig. Om jag är trött eller på dåligt humör tar han mig i sin famn och låter mig känna det jag känner och vara som jag är, och efter en stund sjunker det undan och jag blir lugn. Och i värmen, närheten och lugnet vaknar den fysiska lusten och jag vill ha honom ännu närmare mig. Då är han där och möter mig och tar över och ger mig det jag vill ha, som är detsamma som han själv vill ha. Det är alltid ömsesidigt och gemensamt. Han är skapt att ge och jag är skapt att ta emot.

Bernt hade inte en chans, och det var mitt fel. Jag förstår det nu. Jag ville ju inte ha honom. Det var inte honom jag ville ha. Jag kunde inte öppna mig och ta emot honom, men jag lät honom komma ändå, och det var inte rätt. Jag borde ha varit ärlig och sagt ifrån. Jag borde aldrig ha varit ihop med honom, för jag älskade honom inte. Jag har ingenting att anklaga honom för. Det var mitt fel alltihop.

Men Göran älskar jag. Om han lämnade mig och vi aldrig träffades mer, skulle jag känna som jag gör för honom ändå, och det kommer jag att göra så länge jag lever. Det jag känner är så djupt att det inte kan bli förstört eller försvinna av yttre omständigheter. Eller skulle det försvinna om det inte var ömsesidig längre och vi aldrig träffades mer?

Vi håller inga förhör längre, men vissa dagar i pratar vi mycket ändå. Det är bara tillsammans med andra som vi är tysta och tillbakadragna. Det kan handla om vad som helst. Ibland kommer vi in på våldtäkten igen.

– Vet du vad Viola har sagt?

– Nej?

– Hon har sagt att det sexigaste hon vet är en stark man som använder sin fysiska och psykiska styrka till att hjälpa och skydda svaga och utsatta människor och djur.

– Ja, det låter bra. Det är väl därför hon är gift med en brandman. Han har räddat livet på både människor och djur har jag hört.

– Ja, jag vet. Skulle du våga ingripa om du såg en tjej bli överfallen av en man i en mörk park?

– Ja, det skulle jag.

– Hur kan du vara så säker på det?

– Därför att jag inte skulle stå ut med att veta att jag inte hade försökt hjälpa henne.

– Så om du hade sett när jag blev överfallen skulle du

ha kommit och försökt rädda mig?

– Ja, det skulle jag.

– Men han var så stor… Du skulle inte ha rått på honom.

– Det troligaste är att han hade avbrutit och flytt.

– Tror du?

– Ja, det är så det brukar bli.

– Hur vet du det?

– Det är så det brukar stå i tidningarna, och det är så jag har hört mamma berätta. En våldtäktsman stannar inte kvar och börjar slåss om han blir tagen på bar gärning. Det kan ju finnas undantag, men det vanligaste är att han flyr.

– Mm.

– Ropade du på hjälp?

– Ja. Jag skrek en gång, men då var det ingen som hörde eller brydde sig om det. "Skriker du en gång till så dödar jag dig", sa han. Om jag hade vetat säkert att det gick förbi en massa folk ute på gatan skulle jag ha försökt, men det var mitt i natten och nästan inga ute. Jag trodde inte att han skulle döda mig om jag skrek, men han skulle säkert ha slagit mig.

– Mm. Tänker du mycket på det som hände?

– Nej, inte nu längre. Men ibland får jag en känsla av sorg, som kanske har med våldtäkten att göra. Jag kommer nog aldrig att bli riktigt fri från det. Jag vet inte. Så här efteråt tänker jag att det var tur att jag var så stängd av mig själv redan innan det hände, så att det inte bara gick rakt in i mig. Då hade jag nog blivit tokig.

– Mm.

– Det var så ensamt alltihop. Jag fick ingen hjälp. Det var ingen som kom rusande och handgripligen vräkte bort honom från mig, och det var ingen som tog hand om och lugnade mig efteråt. I polisbilen och på polisstationen fick jag hålla mig uppe av egen kraft. Och jag hade ingen att berätta det för hemma, och senare fanns det ingen som kunde lyssna när jag behövde prata om det eller ge mig stöd under rättegången. Jag fick klara mig bäst jag kunde, och sen var jag ensam om att försöka reda ut alltihop.

– Du vet att jag skulle ha...

– Ja, det vet jag. Men jag berättade ju inte. Du frågade, men jag avvisade dig.

– Jag borde ha envisats.

– Nej, det var jag som borde ha bett om hjälp. Jag gör det nu ibland, tyst för mig själv när jag är ledsen. Men då gjorde jag det inte. En gång när du frågade var det nära att jag tog mod till mig och berättade alltihop. Men jag hejdade mig i sista stund. Det var inte ditt fel. Det var jag som inte kunde. Och sen hjälpte jag mig själv, och då behövdes det ju inte längre. Men jag får fortfarande den där känslan ibland att jag behöver hjälp. Det har nog med min barndom att göra också.

– Mm.

– Har du några känslor som kommer tillbaka så där? Som bara kan dyka upp när som helst?

– Ja, det har jag. En är "jag klarar inte det här", och en är "förlåt". Jag ber Jenny om förlåtelse både för det

171

jag gjorde mot henne när hon var liten och när hon dog.

– Och den första känslan har också med olyckan att göra?

– Ja.

– Det är så sorgligt…

– Mm.

– Du är ledsen.

– Ja, det är ju inte alltid det räcker med att gripa in och försöka rädda.

Hur mycket förstår han? Jag kan inte begära att han ska förstå hur det verkligen kändes för mig. Hur skulle han kunna det? Jag förstår ju inte hur det kändes för honom när han syster dog. Men när jag berättar lyssnar han utan att värja sig, och att veta att han vet ger mig en känsla av trygghet och… *förankring*. Allt han vet om mig, och allt jag vet om honom, förenar oss. Det blir till ett förbund, som ingen annan har del i.

Jag är rädd att jag har blivit för beroende av honom. Jag vill kanske ha större närhet än det är rätt att ha och ger honom kanske för lite utrymme, så att han känner sig kvävd. En kväll blev vi osams, och det var mitt fel. Jag ångrade mig nästan på en gång och tyckte att jag hade tagit i för mycket. Men det var bra att det hände så att jag kan vara säker på att han försvarar sig och inte är för snäll om jag gör fel mot honom.

Bernt och jag bråkade aldrig. Jag trodde att det var så för att vi tyckte lika om nästan allting, men nu förstår jag att det berodde på att det inre avståndet mellan oss var för stort. Vi brydde oss inte om den andras åsikter och känslor tillräckligt mycket för att det skulle kunna uppstå några konflikter.

Så är det inte med Göran och mig. När vi blev osams började det med att han råkade säga "den slutsatsen får man dra", och det fick mig att minnas den gången när Bernt började onanera på sängen bredvid mig och jag tänkte att han "tog saken i egna händer och drog slutsatsen själv".

– Hur många tjejer har du legat med i dina dar?

– I mina dar?

– Ja, var allvarlig nu. Sammanlagt, alltså.

– Åtta.

– Det var inte många för en så snygg kille som du, skulle Viola säga.

– Har Viola sagt att hon tycker att jag är snygg?

– Ja, bli inte mallig nu! Varför har det inte blivit fler än åtta?

– Jag har väl inte varit så angelägen.

– Varför inte?

– Jag vill att det ska vara mer än bara sex. Det känns inte så bra efteråt om det bara har varit ett ömsesidigt sexuellt utnyttjande.

– Nej. Har du blivit lurad på konfekten nån gång då?

– Konfekten? Ja, en gång, när alla tecken tydde på raka motsatsen, blev det stopp i sista minuten.

– Vad gjorde du då?

– Avbröt, förstås.

– Det skulle inte alla ha gjort.

– Nej, men det där att en kille inte kan bärga sig och hålla sig tillbaka när förspelet har nått en viss punkt är bara skitsnack. Det är inte svårare för en kille än för en tjej att avbryta.

– Varför är det så många killar som inte gör det då?

– Ja, säg det. För att dom inte har lärt sig att uppskatta närhet, värme och ömsesidighet och tycker att utlösningen är det enda viktiga? Att dom inte har lärt sig att visa hänsyn och respekt? Att dom har saknat positiva manliga förebilder under sin uppväxt? Att dom har en snedvriden kvinnosyn? Att dom är påverkade av porr och har lärt sig att en man måste vara macho? En kille i tonåren ska ju vara intresserad av sport, motor, sprit och sex. Är han inte det hamnar han ohjälpligt utanför. Jag minns fortfarande snacket om tjejer som mina klasskompisar hade "satt på", "dragit över" och "fått omkull"... Jag deltog aldrig i det, men jag kunde ju inte undgå att höra. Att man har ett behov av i den åldern att skryta och hävda sig är inte så konstigt, men många tycks inte växa ifrån det utan bär med sig samma omogna inställning till kvinnor senare i livet också.

– Mm. Vad var det som gjorde att du inte ville delta i det? Att du inte föll för grupptrycket?

– Dels att jag hade andra intressen, men också att jag var van att hamna utanför och inte var rädd för det. Jag tror att jag insåg ganska tidigt att det finns vissa fördelar med att inte tillhöra en grupp också. Och i högstadiet hade jag ett par kompisar som hade samma inställning som jag.

– Vad tänker du om våldtäkt?

– Ja, vad tänker jag? Att det är obegripligt hur en kille kan ta till sin överlägsna fysiska styrka mot en försvarslös tjej för att tilltvinga sig sex. Eller hur han kan använda sitt könsorgan som ett... fientligt vapen, när det i själva verket är till för raka motsatsen. Vilken skada gör inte det på killen själv? Men han är väl skadad redan innan, får man anta, för annars skulle han inte kunna bete sig så. Han känner inte mer respekt för sig själv än han gör för tjejen.

– Vad kan man göra åt det då?

– I stort, menar du?

– Ja.

– Jag vet inte. Strängare lagar, hårdare straff, längre så kallad vård? Jag vet inte hur långt man skulle komma med det. Målet är ju att få män att sluta våldta, och det tror jag är lika svårt som att få män att sluta supa eller slåss.

– Ja, för alltihop är ju egentligen en flykt undan smärta.

– Ja, och att befria sig från psykisk smärta kan man bara göra själv och inte tvinga andra att göra.

– Ja, så är det.

– Besserwisserklubbens två medlemmar uttalar sig!

– Men det är ju sant.

– Ja, men den sanningen är det inte många som vill kännas vid. Redan gamle Jung var inne på att självinsikt är avgörande för om vi ska kunna göra gott i samhället och åstadkomma fredliga lösningar i ett större perspektiv. Han hoppades och trodde att det skulle bli alla människors mål för att öka godheten och rättvisan i världen. Ju fler som får kontakt med sin inre sanning, desto större blir hoppet om en ljus framtid för vår jord, menade han. Och det är ju sant. Men hur gör man för att självinsikt ska bli "alla människors mål"? Han var nog lite väl naiv och optimistisk, den gode Jung.

– Ja, än har det ju inte hänt i alla fall. Jag tror inte att folk är tillräckligt motiverade. Om inte ens till synes normala människor, som mamma och dina bröder, känner sig motiverade, hur ska då våldtäktsmän och mördare kunna göra det?

– Nej, det är inte särskilt troligt.

– Hopplöst, alltså.

– Ja, den slutsatsen får man nog dra.

– Mm. Har du onanerat mycket i dina dar?

– Nu hänger jag inte med… Onanerat? Vad har det med…

– Svara på frågan bara.

– Förhörsledaren pressar på?

– Ja, inga krumbukter nu!

– Jo, det har väl blivit en del.

– Lova att du aldrig gör det så att jag ser det.

– Varför vill du inte se det?

– Jag tycker att det är pinsamt. Det ser fånigt och ovärdigt ut. Patetiskt.

– Vem har du sett göra det?

– Bernt.

– Ingen annan?

– Nej.

– Okej. När en tjej gör det då?

– Det vill jag inte heller se.

– När du gör det själv då?

– Då ser jag det ju inte utifrån, så det är inte samma sak. Jag glömde säga, när jag berättade om våldtäkten förut, att medan vi fortfarande stod upp och han tryckte mig mot väggen, försökte jag onanera åt honom för att han kanske skulle låta mig gå. Jag visste inte då att våld-täkt har mer med makt än med sex att göra.

– När ni var inne på gården?

– Ja. Jag tog tag i den och höll den i handen. Men det fungerade inte. Jag hjälpte honom bara att få stånd. Det var ju snällt av mig. Att göra honom fysiskt kapabel att våldta mig, menar jag.

– Är det därför du...

– Nej, det har inte med det att göra. Han gjorde det ju inte själv. Det är bara när killen gör det själv som jag tycker att det är pinsamt.

– Okej.

– Vad tänker du på?

– Du har berättat ganska mycket om hur det var med din mamma men nästan ingenting om din pappa.

– Nej, honom avfärdade jag bara. Jag trodde inte att jag behövde bry mig om honom. Men det gjorde jag. Alla gånger han visade att han inte förstod mina behov... Jag har varit arg och ledsen för det. Men det är kanske inte allt. Det finns kanske mer som... Ja, nu förstår jag vad du tänker. Men så var det inte. Det är inte från pappa jag har fått det. Det är jag helt säker på. Han var bara ointresserad och frånvarande.

– Okej.

– Tycker du att det är konstigt att jag inte gillar att se det?

– Jag vet inte.

– Jag skulle inte vilja att du såg mig göra det på mig själv heller.

– Inte?

– Nej, jag tycker att onani är en privatsak.

– Ja, det är det ju.

– Om jag onanerar är det för att jag är ensam och du inte är här. Skulle jag göra det i din närvaro skulle det kännas som att jag valde bort dig. Som att jag hellre blev upphetsad av det jag själv tänkte och gjorde än av dig. Så det kan jag inte göra. Det kan jag inte. Då blir ju sex bara sex. Och du sa ju att du vill att det ska vara mer?

– Och omvänt skulle du känna dig åsidosatt? Om jag började ta på mig själv istället för på dig?

– Ja, det skulle jag. Då kan jag lika gärna gå. Då behövs inte jag.

– Du skulle reagera som om jag var otrogen mot dig med mig själv.

– Ja, det är så det skulle kännas.

– Ja, jag har inte tänkt så mycket på det, men jag har kanske haft en föreställning om att det privata man visade skulle öka närheten och inte minska den.

– Ja, men så skulle det inte fungera för mig. Det är ju dig och inte bara ett könsorgan och en utlösning jag vill ha!

– Ja, okej.

– Förlåt. Jag vet inte varför jag blir så upprörd.

– För att du är besviken på mig?

– Ja, jag vill inte att det ska bli så att vi en vacker dag måste hålla på och fixa och trixa med våra kroppar för att kunna ha sex! Mekaniskt sex fick jag nog av tillsammans med Bernt. Men är det så du vill ha det så…

*– Nej, det är inte så jag vill ha det! Jag har inte tänkt
på det bara.*

– Gör det nu då, så att jag vet.

*– Men för helvete! Jag fattar vad du menar! Jag vet
vad vi har! Jag vet vad som är sant!*

*– Ja, för jag har inte hållit på och kämpat mig fram till
att våga tro på det här, bara för att du ska komma och
säga sen att det inte är så mycket värt! När det inte är
dig jag vill ha längre, utan bara din kropp, är det slut!*

– Bäst jag sköter mig då, så du inte tröttnar på mig.

*– Nej, jag menade inte… Förlåt att jag blev arg. För-
låt! Du har ju rätt att göra som du vill. Om jag inte vill
se, kan jag ju bara gå. Men nu vet jag i alla fall att du
kan bli arg.*

– Ja, det är klart jag kan bli arg! Trodde du inte det?

– Jag har aldrig sett dig arg.

– Nu har du.

– Ja, och jag vet att jag inte borde ha sagt så där.

När jag fattade hur fel jag hade gjort mot honom
ångrade jag mig och började gråta. Jag grät och bad
om förlåtelse. Det kändes som att jag hade begått
en stor synd, och känslan av skuld överväldigade
mig.

Han sa ingenting. Han förstod att det var bäst att
vara tyst. Han förstod att han inte skulle röra vid
mig. Och när jag reste mig och gick in i sovrummet
förstod han att han skulle komma efter och lägga
sig intill mig på sängen och trösta mig med sin

kropp. Jag låg i hans famn och grät mot hans bröst och sa förlåt.

– Nej, det är jag som ska be om förlåtelse. Man ska inte ha några diffusa föreställningar som man inte har ifrågasatt och gått till botten med.

– Men det kan ha med mamma att göra också, att jag inte klarar av att nån ägnar sig bara åt sina egna behov och struntar i mig. Det var kanske därför jag reagerade så starkt.

– Ja, så kan det vara.

– Det kan inte ha varit så roligt för dig heller, när jag var stängd och inte gick att nå. När du försökte och jag bara avvisade dig.

– Jag skulle ha försökt mer.

– Nej, det var bra att jag fick göra det i min egen takt. Att det var mitt behov och inte ditt som drev mig.

Det slutade som det alltid gör, och när det hände den här gången visste jag att allt var bra igen. Så fort jag kände lusten komma visste jag det. Den skulle inte ha kommit annars. Kroppen ljuger aldrig. Hjärnan kan ljuga ibland men inte kroppen.

Att göra fel mot honom är mycket värre än att göra fel mot mig själv. Men om jag gör fel mot mig själv drabbar det honom också. Det går inte att skilja på.

Han ger mig förståelse, respekt, ömhet, tröst och njutning, och det vill jag ge honom också. Jag vill att det ska vara rättvist. Enligt Petra finns det ingen jämlikhet mellan könen. Inte ute i samhället och inte i en nära relation. Men ojämlikhet finns ju mellan personer av samma kön också. Och jag tycker att Göran och jag är jämlika. Praktiskt försöker vi dela upp, hjälpas åt och vara rättvisa. Känslomässigt är det också rättvist. Så fort det uppstår en obalans försöker jag rätta till det. När jag känner att jag tar emot mer än jag ger, blir jag illa till mods eftersom jag vet hur det är att vara den som bara ger. Jag vill inte att han ska känna så för mig. Jag vill att det ska vara ömsesidigt. Det måste det vara, för annars kommer det inte att gå.

När jag var ny på kontoret var det Viola som tog hand om mig och satte mig in i arbetet. Göran hade redan varit där i två år då.

Det är Egon som äger redovisningsbyrån, men honom har jag inte så mycket med att göra under en vanlig arbetsdag. Det är Viola jag träffar mest. Vi sitter i samma rum, och har samma sorts arbetsuppgifter, så vi pratar ganska mycket när vi jobbar. Hon är inte alls som mamma att hon håller låda själv hela tiden, utan hon lyssnar också, så det går bra att samarbeta med henne. Jag känner inte så stort förtroende för henne, och jag brukar inte berätta några personliga saker för henne, men det gör hon för mig ibland, och hon säger alltid vad hon tycker och tänker om saker och ting. Till Egon också, om hon anser att han beter sig olämpligt eller uttrycker en värdelös åsikt.

En gång när hon såg att han rörde vid mig sa hon åt honom på skarpen. Han hade gett mig en klapp i baken, och för mig var det samma sorts klapp som pappa brukade ge mig när han hade tröttnat på mig och sa åt mig att springa ut och leka. När Viola reagerade som att det Egon gjorde hade en sexuell innebörd, kände jag mig dum som inte hade fattat det. Jag kände att han behandlade mig nedlåtande ibland, men jag trodde att hans beröringar bara var ett sätt för honom att visa sig vänlig mot mig. Jag förstod inte att det hade med sex att göra för hans del.

Nu undviker jag att komma i närheten av honom för att inte ge honom tillfälle att ta på mig. Om han lyckades, vet jag inte riktigt hur jag skulle reagera. Jag är inte säker på att jag skulle känna mig tillräckligt kränkt för att kunna säga ifrån. Han är ju bara en trist gubbe som jag inte behöver bry mig om och som man nästan kan tycka synd om.

Det är inte bra att ha överseende med personer som inte klarar av att göra det rätta. Det vet jag. Men jag undviker och ignorerar hellre än att jag protesterar och tillrättavisar en person som känns totalt betydelselös för mig. Det är inte av feghet jag gör det utan av likgiltighet.

Jag vet inte om Göran har lagt märke till Egons beteende mot mig. Det borde han ha gjort, men han har aldrig kommenterat det. Han vet att jag klarar av det själv och lägger sig inte i.

När vi är på jobbet känner jag att vi är inneslutna i en mörk tunnel som ingen annan kan komma in i. Det är där vi möts. Utanför tunneln är det grått och trist. Inte obehagligt eller plågsamt, men tomt och likgiltigt. Att vara på kontoret hela dagarna och utföra tråkiga arbetsuppgifter känns nästan som att svika och överge sig själv. Det ger mig ingenting. Det har det kanske aldrig gjort, fast jag inte har förstått det. Förut hade jag ju ingenting som betydde mer. Men jag känner nu att jag kanske måste börja plugga i alla fall och utbilda mig till ett yrke som passar mig bättre.

Varje dag när vi har ätit middag och plockat undan lägger vi oss på sängen och låter våra tankar komma och gå. Vi pratar inte, som vi gör medan vi äter, utan var och en är inne i sin egen tankevärld samtidigt som våra kroppar ligger tätt ihop. Jag blir lugn och avslappnad av att göra så, och det blir han också, säger han.

Han ligger bakom mig med armarna om mig och skyddar mig mot allt ont. Ibland när jag har tänkt eller gjort fel och kommit bort från sanningen gråter jag och känner: *Jag älskar dig, jag älskar dig, jag älskar dig!* Jag känner det, men jag säger det inte. Jag har aldrig sagt till honom att jag älskar honom, och han har aldrig sagt att han älskar mig. Orden skulle förminska och begränsa det vi har, och det vill vi inte. Det är i alla fall så jag tolkar det.

Ibland när jag sover oroligt, och kanske har en mardröm, håller han om mig och viskar: "Det är ingen fara. Jag är här." Då gråter jag för att han gör så och för att ingen gjorde så när jag var liten och behövde det.

Det gör ont att han älskar mig. Förut kände jag både sorg och smärta, men nu är det mest smärta. Det är han som framkallar den, och det är bara han som kan lindra den. Jag förstår att det inte är rätt att bara vilja träffa en enda människa, och att det är fel att använda honom som smärtlindring. Men det är så jag känner, och det är det jag gör. Jag döljer det för honom och hoppas att det ska gå över. Men jag är rädd. Tänk om jag aldrig blir starkare än så här och förstör allt vi har.

Jag blir fortfarande fysiskt upphetsad av honom och vill fortfarande ha honom i mig, men det har blivit svårare för mig att komma. Beror det på att jag har blivit för beroende av honom och inte klarar mig själv längre? Är jag på väg att bli ett hjälplöst spädbarn som behöver fysisk kontakt för att inte dö?

Tog inte mamma hand om mig ordentligt när jag var nyfödd? Lät hon mig ligga ensam i sängen och skrika? Fick jag inte mat när jag var hungrig? Gav hon mig ingen fysisk närhet och tröst? Är det därför smärtan finns? Är det därför jag behöver Göran mer än jag borde?

Jag får inte göra så mot honom. Jag vill älska honom för hans egen skull, för den han är, och inte för det han kan ge mig. Jag måste skilja på då och nu. Det jag inte fick när jag var liten är det inte han som ska ge mig. Om han väcker känslor som hör till min barndom måste jag vara stark och stå ut med smärtan och inte försöka fly. Jag får inte använda honom för att slippa undan. Jag måste stå emot och ta mig igenom det.

– *Tycker du att vi isolerar oss och är för mycket för oss själva?*

– Hur då menar du?

– Ja, att vi inte träffar så många andra.

– Men det gör vi väl? Jag träffar ju Patrik och Andreas och du träffar Petra.

– Ja, men det var längesen du träffade din familj.

– Det gjorde jag inte så ofta innan jag träffade dig heller.

– Saknar du dom inte?

– Nej, det gör jag inte. Vi ringer ju. Det räcker för mig. Ytligt umgänge har jag inget behov av.

– Ytligt?

– Ja, vid familjesammankomster och släktträffar är det inte mycket av intresse som blir sagt.

– Det är inte jag som hindrar dig då, att träffa andra och göra andra saker än att bara vara tillsammans med mig?

– Nej, du hindrar mig inte. Tror du det?

– Nej, jag bara frågar. Tycker du att vi borde vara mer för oss själva var och en för sig då?

– Nej, det tycker jag inte. Vara för oss själva är vi väl fria att vara när vi vill?

– Ja, jag bara frågar.

– Varför? Varför frågar du?

– För att jag har hört att det inte är så bra för ett kärlekspar att isolera sig från andra och vara tillsammans för mycket.

– Varför är inte det bra?

– Om man inte får stimulans utifrån, eller inte är för sig själv ibland, har man till slut inget att tillföra förhållandet och då tynar det bort och dör.

– Förhållandet dör?

– Ja.

– Känner du att det finns en risk för det?

– Nej, inte för oss. Jag bara säger vad jag har hört. Och jag kan ju inte veta säkert hur det känns för dig.

– Jo, det kan du.

– Men det är bara vi två. Vi har nästan inga vänner, inga djupa relationer med andra, inget behov av att träffa andra. Majoriteten vill ha sällskap och gemenskap, höra till en grupp och umgås, men vi drar oss bara undan och är för oss själva. Det är kanske ett snålt och egoistiskt sätt att leva på? Det är kanske inte normalt?

– Nej, det är det väl inte om man med normalt menar det som majoriteten gör. I så fall har jag aldrig varit riktigt normal.

– Inte jag heller. Du tycker inte att det är fel då? Att inte vara utåtriktad och social, menar jag, och att inte vara intresserad av och försöka hjälpa andra?

– Nej, det tycker jag inte. Man måste göra det som passar en bäst.

– Ja, för jag orkar inte. Jag vill inte. Jag har försökt vara överseende och förstående, men det har jag bara förlorat på. Det har bara lett till att det har blivit dåligt för mig själv. Och jag vill inte ha det så längre.

– Bra.

– Jag känner mig taskig och ogin, men då får väl folk tycka att jag är det då, för jag kan inte mer! Jag har ju rätt att vara ärlig och visa vad jag känner.

– Ja, det har du.

– Jag vill inte låtsas och göra mig till.

– Nej, det behöver du inte.

– Men det är som att jag inte kan överse med minsta lilla sak längre.

– Som vadå?

– Som att tanten som bor ovanpå mig snäste av mig fast jag bara hade ställt en vänlig fråga. Hon har pratat med mig i hissen och tvättstugan och frågat hur morfar mår och så, och jag har frågat henne om saker, och då har hon alltid varit snäll och trevlig. Men nu var det som om hon plötsligt tyckte att jag var jättebesvärlig, och efter det känns det som att jag har tagit avstånd från henne och inte ens kan förmå mig att heja på henne. Det är som att SANNINGEN har kommit fram. Hon tycker inte om mig och jag tycker inte om henne. Det är det som är sanningen. Man MÅSTE faktiskt låtsas och göra sig till när man träffar personer som man inte är närmare bekant med. Felet var att jag inte hade gjort klart för mig att jag inte gillar henne. Nu när jag vet det kan jag nog vara falsk och heja. Men jag behöver inte känna och visa förtroende för henne, som jag gjorde förut. Jag kan vara lika falsk mot henne som jag är mot en del osympatiska kunder på jobbet.

– Mm.

– En annan fråga då: Tycker du att vi idealiserar var-
ann?

– Idealiserar? Nej, varför skulle vi göra det?

– För att det är det man brukar göra i början av en för-
älskelse. Man ser bara det man vill se och visar sig alltid
från sin bästa sida.

– Inte så mycket verklighet alltså?

– Nej.

– När börjar verkligheten visa sig då?

– När passionen har gått över och man har flyttat
ihop.

– Okej.

– Säg några saker som du retar dig på hos mig.

– Retar mig på? Ja, då ska vi se… Först har vi ju det
här med att du alltid måste… Du får vara beredd på att
listan kan bli lång.

– Det gör inget.

– Nej, jag bara skojar! Det finns inget jag retar mig
på hos dig. Vad retar du dig på hos mig då?

– Ingenting.

– Då befinner vi oss fortfarande i det blinda passions-
stadiet tydligen.

– Ja, eller också är vi helt perfekta båda två.

– Ja, så kan det vara. Vi har inga fel och brister alls!

– Har du aldrig gjort några dumheter?

– Jo, det är klart jag har.

– Som vadå?

– Det som väl dom flesta provar på som unga. Jag har snattat och rökt och supit mig full och cyklat utan lysen… Du då?

– Jag har rökt, som du vet, och det gjorde jag i sju år. Det är väl det dummaste, om jag inte räknar med att jag var ihop med Bernt.

– Mm.

– Jag har en fråga till om det vi pratade om innan.

– Ja?

– Tycker du att jag vill ha för stor närhet, så att du får för lite utrymme och känner dig kvävd?

– Nej, jag gillar närhet. Det vet du väl? Jag känner mig inte kvävd. Jag känner mig fri. Varför frågar du allt det här?

– För att jag har tänkt på det, och för att Petra och jag har pratat om det.

– Ni har pratat om vad som kan ta kål på ett förhållande?

– Ja, hon har ju varit ihop med ganska många killar och förstår inte varför det aldrig håller. Hon undrar vad hon gör för fel.

– Okej.

– Vad tyckte och tänkte du om henne när hon var här?

– Jag tänkte att hon var en livlig och energisk typ. Frispråkig.

– Gillar du den typen?

– Ja, men jag blir lätt passiv och tyst i deras sällskap, som du kanske märkte.

– Det blir jag också. Men vad tyckte du om henne?

– Ja, vad tyckte jag… Att hon var underhållande, tror jag.

– Bernt gillade henne inte alls, och det var ömsesidigt.

– Mhm.

– Jag har hört att om ett par gillar varandras vänner så stärker det förhållandet.

– Nu är vi inne på förhållandet igen.

– Ja.

– Oroar du dig för hur det ska gå med ditt och mitt förhållande?

– Nej, det gör jag inte. Men ibland är jag rädd att jag ska göra fel.

– Det måste det finnas utrymme för.

– Ja, och det vet jag att det gör. Det är inte dig jag är osäker på. Det är på mig själv.

– På vilket sätt då?

– Att jag har för dålig självkännedom så att jag inte alltid gör rätt och kanske trasslar till det i onödan. Det är bara det.

– Det gäller ju mig också. Men det är ingen fara. Om det blir trassel reder vi ut det. Att hjälpas åt, och att lösa problem tillsammans, har också en stärkande effekt på förhållandet, har jag hört.

– Mm.

– Och det här… märker jag, har också en viss… effekt.

Hans röst, hans händer, hans ögon, hans kropp.

Hans själ i den mörka tunneln.

DEL NIO

Sorgen är borta. Smärtan dyker upp ibland, men inte lika ofta som förut. Jag har gråtit och ropat på mamma och bett henne komma och ta hand om mig, men hon har inte kommit. *Hon kom inte,* och det kändes som att jag skulle dö.

Nu när jag vet hur det var och har gett upp hoppet om henne, kan jag träffa henne utan att bli ledsen eller tappa bort mig själv. Jag klarar av det och är inte arg på henne längre. Men det betyder inte att jag *vill* träffa henne. Det vill jag inte, och det gör jag inte. Jag bryr mig inte om henne och vill inte umgås med henne. Jag bryr mig om henne lika lite som hon bryr sig om mig och låter mig inte utnyttjas. Jag kan säga ifrån och försöker inte slingra mig undan.

Det är likadant med Egon, att jag känner tydligt var gränsen går och är beredd att säga ifrån direkt om han skulle försöka överskrida den. Jag aktar mig inte för honom längre, för det är ju helt självklart att jag ska kunna röra mig fritt på jobbet utan att behöva bli ofredad.

Jag har varit så godtrogen och dum. Det ska jag inte vara mer. Jag ångrar att jag har trott alla om gott, fast det goda inte har funnits där. Jag ångrar att jag har varit öppen och tillmötesgående och hoppats på förståelse och respekt från människor som inte har varit värda att visa sig för.

Jag ångrar mig. Och att jag känner mitt eget värde nu, och vet vad som är rätt för mig, gör att jag har tappat intresset för att läsa psykologi. Jag förstår hur svårt det skulle vara att hjälpa andra att hitta sig själva och vill inte hålla på med det. Jag har hjälpt mig själv och mer orkar jag inte. Inte än i alla fall. Jag är trött på andras problem och vill bara vara tillsammans med Göran och mig själv.

Alla kvällar, nätter och lediga dagar är vi tillsammans, och jag får aldrig nog. Det är inte bara sex. Det är en annan sorts njutning också, som han ger mig bara genom att titta på mig, ta mig i sin famn eller ligga bredvid mig i sängen och sova. Jag känner mig omhuldad, tacksam och trygg.

Tänk om jag aldrig hade fått uppleva det.

Tänk om jag aldrig hade fått känna välbefinnande och njutning.

In i det sista har han väntat på mig. Han älskar mig och jag älskar honom. Men så länge jag hade honom till skydd, tröst och smärtlindring kunde jag inte säga att jag älskar honom, för då var det inte riktigt sant. Det är det nu. Och när jag för första gången sa det till honom, var han där. Jag låg i hans famn och sa det mot hans bröst.

– Jag älskar dig.
  – Aha.
  – Ja. Och du älskar mig.
  – Ja, det gör jag. Jag älskar dig.
  – Och det är allt.
  – Ja, det är allt.

Han har varit här hela tiden och tagit emot mig. Han är inte medveten om det längre. Det känner jag. Det är inte han som styr. Det är hans kärlek till mig, och min kärlek till honom, som styr, och den är större än både hans och mitt medvetande. Det är inte vi som bestämmer. Det enda vi kan göra är att erkänna sanningen och ge oss för den. Och det gör vi, för vi har inget val.